VOLARE NELLA FANTASIA

di *Sergio Teatini*

LE PROSE

MARANAJ CON L'UNICORNO

In un bosco remoto pieno del canto degli uccelli e allietato dallo scorrere di un piccola sorgente d'acqua in un limpido laghetto in parte coperto da ninfee, vivevano quelli che un tempo si chiamavano Liocorni, animali oggi creduti mitologici e leggendari dall'aspetto elegante soave, dal mantello bianco candido e nello stesso tempo superbo e forte, forniti di un unico corno nel mezzo della fronte. La loro timidezza era proverbiale e potevano essere avvicinati solamente da una ragazza dal cuore puro di nome Maranaj.

Questi meravigliosi animali erano descritti un tempo in maniera molto diversa da come viene raffigurato ora: le sembianze erano quelle di un grande cervo con il dorso di cinque colori e il ventre giallo; avevano gli zoccoli di un cavallo, la coda di un bue ed erano muniti di un grande corno sulla fronte. Una prima probabile rappresentazione dell'Unicorno si può riscontrare in un animale all'interno delle Grotte di Lascaux in Francia risalenti al Paleolitico superiore, in cui s'individua un corno lunghissimo sulla testa e del pelo sotto il muso. Questo meraviglioso animale era senza dubbio una delle creature che più di tutte ha affascinato l'immaginario di varie epoche e civiltà.

L'ultima coppia di Unicorni rimasti, vivevano felici nel bosco isolato di Rondai, correvano felici e si lasciavano carezzare e strigliare dalla giovane Maranaj pura nel cuore e nell'animo.

Lei li accudiva pettinando le criniere e la coda lucidando l'unico corno, ma bastavo un piccolo alito di vento per spaventarli e farli fuggire nel folto della foresta, dove la loro amata amica li avrebbe raggiunti per asciugare i loro manti sudati per lo spavento.

Un giorno un ragazzo di nome Sario esplorò il bosco e senza alcun rumore si avvicinò al laghetto di acque calme, nascosto dietro un cespuglio, assistette ad una scena incredibile, i due unicorni arrivarono sulle rive nitrendo ed alzandosi sulle zampe posteriori, avvertivano nell'aria qualcosa che non riuscivano a vedere. Arrivata Maranaj la loro ansia si calmò e si avvicinarono alle limpide acqua per abbeverarsi.

Da lontano Sario osservò la scena misteriosa, mai vista da essere umano, e ne restò meravigliato nel vedere la ragazza accarezzare e abbracciare i giovani puledri.

Dal dito medio della mano destra un anello con una pietra, mandava bagliori di luce fortissimi. Lei si avvicino alla sorgente e immerse le mani per poi passarle sui manti candidi dei due splendidi animali.

Nel secondo tentativo l'anello si sfilò e cominciò a sprofondare nel lago; Sario vista la scena, si tuffò immediatamente, spaventando gli unicorni che fuggirono nel folto della foresta seguiti da Maranaj.

Il giovane inseguì il prezioso anello con grande energia scendendo sempre più in profondità fino a sentire i polmoni scoppiare per lo sforzo, raggiunse tra sterpi e alghe ondeggianti il fondo e afferrò, prima che esso sparisse nel terreno melmoso, il prezioso e luminoso anello.

Con le ultime forze rimaste nuotò fino a emergere dal lago e tornare a respirare aria pura per i suoi affaticati polmoni.
Risalì la sponda e prese la direzione verso l'interno del bosco e seguendo le orme lasciate sul terreno.
Arrivato nel fondo del bosco, si fermò distante dal gruppetto, gli unicorni nitrirono spaventati e sollevarono le zampe anteriori in segno di difesa. Maranaj li calmò con le sue carezze e guardò il ragazzo, che rimasto estasiato da tanta bellezza, spinse i suoi occhi nel fondo dei due laghetti azzurri di lei, il miracolo si stava compiendo, due cuori sinceri e puri si stavano incontrando scambiandosi muti messaggi d'amore.
Sario allungò la mano e aprì le dita mostrando i bagliori dell'anello di Maranaj recuperato dal fondo.
I loro occhi continuarono a sprofondare gli uni negli altri mentre le due mani si sfiorarono e con grande dolcezza, lei recuperò il suo anello e in un attimo di grande magia si trovarono una nelle braccia dell'altro uniti in un amore puro circondati dalla melodia del canto degli uccelli e dallo scalpitio sereno dei due unicorni che fuggirono per mai più ritornare.

AMORE FINITO

Ricordo un amore, nato da uno sguardo intenso, come un sogno che sa conquistare e modellare l'anima e che infonde una forza illimitata e segna la vita per sempre.
All'inizio, nel suo crescere, nessuno avrebbe potuto vincerlo, e invece finì per un pensiero amaro e il suo passaggio restò indelebile nel mio intimo più profondo.
Per quell'amore, uscii dalla mia natura, volai alto nel cielo su refoli di vento, afferrai assetato la magia di momenti irripetibili.
Mi conquistasti con il tuo incedere eretto, i tuoi seni pieni d'energia a sfidare gli sguardi indiscreti. Il leggero abito modellava le tue forme perfette, le tue gambe falciavano l'aria con passo deciso, il vento rubava il tuo profumo e lo effondeva intorno fino alle mie narici.
In quella fresca sera di settembre, il frullare d'ali degli stormi, ci fece riparare in un portone. I nostri occhi si scambiavano furtivamente piccoli strali di curiosità.
Intimorito, raccolsi tutto il mio coraggio per pronunciare quella frase di conoscenza.
"E' una buffa circostanza per un incontro!"
Mi guardasti divertita prima di scoppiare a ridere e replicare: "Sì, è proprio buffa. Però mi piacciono le occasioni bizzarre!" E, tendendomi la mano, aggiungesti: "Mi chiamo Marisa, e tu?"
Non mi sembrava vero e mi affrettai a porgerti anche la mia mano: "Io Rodolfo. Posso accompagnarti?"

Accettasti senza esitare e ci allontanammo riparandoci sotto i balconi, fino a raggiungere un bar poco distante. Aspiravo con avidità il tuo profumo mentre l'ondeggiare dei passi faceva in modo che i nostri corpi si sfiorassero, producendo in me una piacevole sensazione.
Ci sedemmo ad un tavolo appartato per dialogare e conoscerci meglio.
"Parlami di te. Cosa fai nella vita?" Domandai curioso.
"Sono segretaria in un ente pubblico. E tu?"
"Mi occupo di progetti per l'edilizia, ma spesso il mio lavoro mi chiama fuori città e mi assento per alcuni giorni."
"Beh, se viaggi, allora è un lavoro interessante. Ti piace?"
"Si, ma ruba tutto il mio tempo e spesso mi sento solo, solo nell'anima, intendo."
Passata la prima ora eravamo già in confidenza e osai chiederti se ti avrebbe fatto piacere rivederci l'indomani per cenare insieme. Attesi la tua risposta pieno di speranza.
"Sai, Rodolfo, gli orari della segreteria del Direttore Generale sono strani. Domani posso liberarmi non prima delle otto e mezzo, se per te va bene."
Non avrei mai immaginato che la fortuna fosse dalla mia parte fino a tal punto. Sarei stato disponibile a qualsiasi orario ovviamente.
"Sì, sì, certo, per me va benissimo. Vengo a prenderti in ufficio."
Mi scrivesti l'indirizzo su di un foglietto e ci salutammo con l'appuntamento per il giorno dopo. Iniziò così la mia bellissima storia d'amore con Marisa.

Il tempo passò tra momenti di sogno, ore d'intimità mai vissuta prima, e desiderio insaziabile di incontrarci sempre più spesso. Ma qualcosa di negativo si andava insinuando tra noi: la gelosia reciproca ci stava allontanando. Per me alimentata dalla sua bellezza, per lei dalle mie continue assenze lavorative.

Ora, di tutta quella meraviglia, restano solo i ricordi. Straordinari ricordi di quando, vinto dal suo fascino, mi bastava guardarla negli occhi per sentire crescere in me il fuoco dell'amore.

Dopo Marisa, la vita continuò e nuove storie nacquero, ma senza cancellare mai l'impronta di quel primo splendido amore finito.

Sull'espressione del mio viso nessuno ha mai più letto quel sentimento unico che resta chiuso nello scrigno della mia anima.

L'ABITO DA SPOSA

Lucia era una ragazza giovane sognatrice e legata alla famiglia. Nella sua vita il sogno, come per tutte le ragazze, era orientato verso il giorno matrimonio.
Principessa dagli occhi scuri, capelli lunghi sulle spalle, una vita ben modellata con gambe snelle, piena di gioia e d'amore per i genitori.
Il suo lavoro era adatto a lei, commessa in un negozio importante di fiori. Confezionava bouquet e amava arredare il suo negozio come un giardino con composizioni floreali di ogni tipo e colore.
Curava i suoi fiori sognando che un giorno, forse non lontano, avrebbero fatto bella mostra nell'arredo della chiesa dove avrebbe coronato il suo sogno d'amore.
Una mattina di primavera inoltrata, passò davanti al suo negozio un bel ragazzo, che avendola vista sistemare quella meravigliosa serra, si fermò ad osservarla; le sue movenze erano tanto aggraziate ed eleganti, che colpirono Valerio, il quale con sicurezza entrò e le domandò quale fiore bello e profumato avrebbe potuto regalare ad una bella ragazza.
Lucia da buona intenditrice gli chiese: "È per la sua ragazza?"
"No! Ma è la più bella ragazza che abbia mai visto!"
"Scusi se sono indiscreta, ma desidera offrire dei fiori per una cena romantica a due?"
"Beh, veramente... forse è meglio che mi presenti, io mi chiamo Valerio e lavoro non molto distante da qui come progettista d'impianti."

"Io mi chiamo Lucia e come vede il mio lavoro si svolge in questo paradiso."
"Senti Lucia, permettimi di darti del tu, io desidero offrire un fiore ad una ragazza, ma non per una serata romantica. Forse un giorno questa potrebbe anche verificarsi, lo spero tanto."
"Vedi Valerio di fiori belli e profumati ce ne sono tanti, ma per una situazione come la tua io ti consiglio il fiore che desidererei per me, se può esserti di buon augurio."
"Grazie Lucia, sono sicuro che il tuo consiglio mi porterà fortuna."
La ragazza prese da un vaso in acciaio una rosa bianca bellissima, scegliendola tra tante, la mostrò a Valerio che approvò soddisfatto.
Lucia passò un piccolo attrezzo sul gambo per privarlo delle spine e delle foglie superflue, poi prese un ramoscello di gelsomino, compose il piccolo cadeau e legò il gambo con un nastro rosa sfrangiandone le estremità, appose il sigillo di garanzia per la provenienza e la freschezza del fiore e lo porse al giovane.
Valerio osservò la rosa così confezionata con compiacimento e, mentre i suoi occhi brillavano egli pose le labbra sul fiore. Infine, pagò il conto e salutò Lucia porgendole la mano e ringraziandola per il consiglio.
Poi, voltò le spalle, si diresse verso la porta, ma, prima di uscire tornò indietro e porse la rosa a Lucia, che rimase profondamente sorpresa.
"Sai, Lucia, passando ti ho vista intenta al tuo lavoro ed ho desiderato tanto questo fiore per te. Sei così bella che desideravo fartene dono, ci

rivedremo al più presto se non ti disturba la mia compagnia."
Lucia ringraziò intimidita e con un sorriso accettò di rivederlo.
Così cominciò la storia di Valerio e Lucia. Intanto il tempo passava, le giornate portavano ad ognuno dei ragazzi momenti di felicità pieni di programmi per il futuro, finché un giorno Valerio le chiese di sposarlo.
Lucia, si sentì lusingata e felice per la proposta, ma anche un poco preoccupata a causa della situazione economica della sua famiglia, non certo prospera.
Tornò a casa e ne parlò con la mamma: "Sai, mamma, Valerio mi ha chiesto di sposarlo, ma io credo che sia una cosa impossibile. Come faremo a provvedere alle spese necessarie?"
"Vieni Lucia, la nostra casa è povera ma c'è una cosa che tu non hai mai visto, vieni con me."
Così dicendo, la mamma condusse Lucia nello stanzino che custodiva, a ridosso della parete di fondo, un vecchio baule in legno grezzo, quindi, poggiando la mano su quel vecchio legno disse: "Vedi Lucia, qui c'è tutto quello che potrà servire per il tuo matrimonio. Questo è il tuo corredo."
"Mamma, ma noi vogliamo fare tutto da soli e poi vogliamo una cosa semplice, sai anche Valerio viene da una famiglia modesta. Con il tempo ci procureremo tutto quello che ci occorre."
Mamma Erminia fece finta di non aver udito e aprì il baule, sollevò il telo di cotone messo a protezione e apparvero tutte le meravigliose cose in esso contenute.

"Figlia mia, questi asciugamani sono di finissimo lino e tovaglie e tovaglioli ricamati a mano…"
Così dicendo, la donna spiegava sotto gli occhi di Lucia biancheria meravigliosa con le iniziali ricamate, le frange decorative sui lati, orli a giorno di una raffinatezza unica.
Ma la ragazza fermò le mani della madre e prese un asciugamano dove comparivano le iniziali S.E.
"Mamma che significano queste iniziali? Io mi chiamo Lucia!"
"Mia cara, questo è il mio corredo che ho tenuto da conto per darlo a te! Sai, non è mai stato usato in attesa di questo giorno."
Continuando a curiosare, Lucia notò una federa con le iniziali B.A. e allora domandò: "Mamma, queste altre iniziali di chi sono?"
"Lucia mia, sono le iniziali di tua nonna che ha lasciato il suo corredo a me ed io l'ho tenuto da conto per te."
"Ma allora, c'è anche il vestito da sposa?"
"Tu eri bambina e non ricordi che il mio abito da sposa lo usammo per confezionare il tuo vestito della Prima Comunione. Quanto eri bella! Tutta in bianco con pizzo e merletti, eri quasi una sposina! Successivamente la stoffa di quello stesso vestito servì per le tendine della finestra della tua stanza. Ora non esistono più perché una si strappò e tolsi anche l'altra."
Erminia fece un lungo sospiro prima di aggiungere: "Stai tranquilla, figlia mia, troveremo un'altra soluzione. Tra tanti tessuti preziosi conservati in questo baule c'è sicuramente anche quello adatto per il tuo abito da sposa, che verrà da tua nonna e da me per il tuo giorno più bello."

Mamma e figlia, chiusero il baule e, dopo tanti ricordi, tornarono felici alle loro faccende domestiche, sognando insieme quell'abito da sposa che avrebbero cucito insieme.

A TE SPLENDIDA DONNA

Quel primo giorno camminavi verso di me, i nostri occhi s'incontrarono come luce di un lampo sfolgorante. Ti raccolsi il libro dei tuoi studi e te lo porsi, fissando ancora i miei occhi nei tuoi. Con un dolce suono pronunciasti parole che non afferrai in quel magico momento. Prendemmo un caffè insieme, ed un imprevisto contatto delle nostre mani alimentò ancora quello che le anime si stavano dicendo. Passammo la giornata insieme parlando di tutto, camminammo vicini per strade sconosciute, continuammo a cercare un contatto voluto e magico per riprovare quella sensazione, così fragili e già così indivisibili nella sorte che ci stava cambiando in quel giorno irreale. La sera ci accolse nel suo abbraccio sorridenti e felici, stretti in un momento, come gocce che si fondono involontarie in un tempo infinito. Ci sedemmo sull'erba di un prato, passai la mia mano tra i tuoi capelli ed il loro profumo mi fece sognare. Tu con gli occhi persi nei miei poggiasti la testa sulla mia spalla e le nostre labbra si unirono portandoci lontano, assenti da quel mondo che non esisteva più. I nostri respiri fusi, inebriati, pieni di passione ci unirono e dimentichi di tutto. Vivemmo l'amore abbandonati uno all'altra. Un momento magico che ci regalammo per poi ritrovarlo, ora, nel tempo che ci avvolge, provando ancora quella prima sensazione di un contatto imprevisto.

L'ANGELO DELLA NEVE

Un giovane angelo volava alto nel cielo. Amava volteggiare fra le nuvole e tuffarsi su esse come fossero un morbido mare di panna montata. Un giorno, facendo capolino tra di esse, sotto di lui scorse un'altra soffice nuvola bianca che sembrava morbida proprio come le sue nuvole.
Sorpreso da tanta bellezza, si recò da San Pietro e gli chiese cosa potesse esserci di tanto bello sulla terra da somigliare alle dolci bellezze delle sue nuvole. San Pietro gli disse che quello che aveva visto era la neve. Ma l'angelo sorpreso ancora sapeva che quel bianco lui lo chiamava nuvole, cosa era la neve. Incuriosito chiese il permesso di poter scendere sulla Terra per vedere se era morbida soffice e piacevole come le sue nuvole. San Pietro gli concesse il permesso dicendogli che purtroppo non avrebbe potuto usare le ali.
L'angelo sorpreso e incuriosito aspettò che scendesse la notte disteso su una sua morbida nuvola, poi colto dal sereno buio celeste chiuse gli occhi e si buttò giù in picchiata. Arrivato sulla terra atterrò sulla schiena su quella che sapeva essere la neve, ma non sentì nulla: la neve era morbida come le sue nuvole. Aprì gli occhi guardò l'infinita bellezza dell'azzurro del cielo, le stelle si accendevano una ad una in rapida successione e ne arrivavano sempre di più, l'aria era fredda e un brivido gli percorse il corpo, ma era bellissimo e piacevole! Continuò a godere, per qualche minuto, della sua posizione disteso su quel morbido manto, poi provò ad alzarsi, ma non ci riuscì... il suo corpo non si muoveva.

Provò allora a muovere le ali... si esse si muovevano lasciando su quel manto morbido il segno del loro svolazzare, ma non riuscivano a staccarsi da quel morbido cuscino. Sbattevano su e giù lasciando sulla neve le loro impronte sempre più profonde, malgrado il suo forte impegno non riusciva a sollevarsi. L'angelo, ricordando le parole di S. Pietro disperato continuò a muovere le ali senza ottenere alcun risultato, avvertendo però una piacevole sensazione. Dopo qualche ore di quel suo continuo dibattersi, la luna cominciò ad abbassarsi all'orizzonte ed il lieve chiarore del sole iniziò a portare luce nel cielo.

Il sole chiese all'angelo cosa facesse per terra. Lui, timido e timoroso per la sua insuperabile posizione, rispose che non era un angelo del cielo, ma bensì un angelo della neve. Il sole sorrise e disse che non sapeva dell'esistenza di questo tipo di angeli. Il divino messaggero rispose che ce n'erano pochi. l'astro di luce e calore chiese, preoccupato, cosa avrebbe fatto quando la neve si sarebbe sciolta.

 Lo spirito celeste ricordando ancora le parole di S Pietro e compreso disteso sulla neve non sarebbe mai più tornato nel cielo tra le sue nuvole, fece un patto con il sole, che lo avrebbe aiutato e in cambio lui sarebbe diventato il suo personale angelo della neve. l'astro celeste nella sua maestosa grandezza era ora quasi allo zenit e comincio ad allungare i suoi raggi sulla terra. Il calore di quella luce, impaurì il giovane angelo, tuttavia non avendo altra scelta, lasciò che le sue ali fossero catturate dal sole.

In un attimo il corpo infreddolito riacquistò vita e

man mano che la temperatura saliva diveniva sempre più caldo, finché le delicate piume cominciarono a bruciare e in un attimo il manto di neve scomparve e l'angelo in un lampo di luce sparì. Il sole restò lì impietrito: non pensava che l'angelo potesse essere così delicato da sparire nel fuoco dei suoi raggi.

Arrivò la sera i due astri celesti si incrociarono, la Luna colpita dallo sguardo triste del Sole, Incrociò per un attimo la luna che, colpita dal suo sguardo triste, gli chiese che cosa fosse accaduto. Il padre della luce e del calore le raccontò tutto. La luna per consolarlo, gli disse che il cielo era pieno di angeli e probabilmente il giovane Divino Spirito era tornato tra i suoi amici. Il sole, indispettito, rispose che non sarebbe potuto andare via perché quello era il suo angelo della neve, ed era UNICO!

Dopo queste parole lasciò il cielo alla luna e sparì. La Regina della notte lo guardò allontanarsi e forse non capì mai quello che aveva provato, perché lei non aveva mai visto un angelo della neve.

LA FARFALLA BIANCA

In una casetta, vicino ad un cimitero, viveva un vecchio di nome Oreste.
Era molto gentile e piaceva a tutti i suoi vicini, anche se molti di essi lo consideravano un po' pazzo.
A quanto sembra la sua pazzia consisteva semplicemente nel fatto che non si era mai sposato e non aveva mai mostrato desiderio di trovare una donna.
Un giorno di estate si ammalò gravemente, vennero chiamati ad assisterlo due nipoti. I due arrivarono e fecero tutto ciò che potevano per dargli sollievo nelle sue ultime ore.
Mentre lo vegliavano, Oreste si addormentò.
Poco dopo una grande farfalla bianca volò dentro la stanza e si posò sul cuscino del vecchio.
Il ragazzo cercò di cacciarla via, ma quella tornò tre volte, come se fosse riluttante ad abbandonare il malato.
Alla fine il nipote di Oreste riuscì a farla uscire in giardino la vide attraversare il cancello ed entrare nel cimitero, dove si posò sulla tomba di una donna e quindi misteriosamente scomparve.
Sulla tomba c'era scritto il nome "Flora" insieme a un epitaffio, che raccontava come Flora era morta all'età di diciotto anni.
Benché la tomba fosse ricoperta di muschio e sembrasse costruita decenni prima, il ragazzo notò che era molto ben curata e circondata di fiori.
Quando il giovane tornò alla casa, Oreste era ormai spirato. Si rivolse al fratello e raccontò quello che aveva visto nel cimitero.

"Flora?"

Quando Oreste era giovane, fu fidanzato con Flora. La ragazza morì di tubercolosi proprio il giorno prima delle nozze.

Quando lasciò questo mondo, Oreste decise che non si sarebbe mai sposato e che avrebbe vissuto per sempre vicino alla sua tomba.

Per tutti quegli anni Oreste aveva mantenuto la sua promessa e aveva conservato nel cuore tutti i dolci ricordi del suo unico amore.

Tutti i giorni si era recato nel cimitero, sia che l'aria fosse profumata dalla brezza dell'estate, sia che fosse appesantita dalla neve che cadeva d'inverno.

Quando Oreste stava morendo e non poteva più svolgere il suo compito amoroso, Flora era venuta per lui.

Quella farfalla bianca era la sua anima.

IL PONTE DEL DIAVOLO

Già dalla sua denominazione il "Ponte del diavolo" rivela le sue origini infernali, supportate però da due circostanze: la prima relativa al fatto che, nonostante le numerose ricerche in proposito, non si conosce la data di origine e la seconda è dovuta alla sua incredibile solidità, avendo resistito per molti secoli alle impetuose piene del fiume.
La leggenda narra che in un borgo sulle rive del Serchio, ad un capomastro bravo e apprezzato fu affidato il compito di costruire un ponte tra i due borghi. Passarono i giorni e siccome il lavoro procedeva lentamente, fu preso dallo sconforto e dalla disperazione per il disonore che sarebbe derivato nell'ultimare il lavoro fuori dal tempo pattuito.
Gli sforzi effettuati non contrastavano il veloce passare del tempo e una sera, quando scoraggiato si era fermato a vedere il suo lavoro, apparve un rispettabile uomo d'affari sotto le cui sembianze si nascondeva il diavolo.
Quest'ultimo si avvicinò al capomastro promettendogli di terminare il ponte in una sola notte.
Egli, dopo aver ascoltato un po' sbigottito le parole del diavolo, accettò la proposta. In cambio di questo favore costui voleva l'anima della prima persona che avrebbe attraversato il nuovo ponte.
Il giorno successivo gli abitanti di Borgo a Mozzano si svegliarono e trovarono il ponte terminato. L'artigiano ricevendo i complimenti delle persone, raccomandò loro di non oltrepassare il ponte prima del calar del sole e si

recò a Lucca per consultarsi con il Vescovo. Egli lo tranquillizzò e gli suggerì di far sì che passasse un maiale per primo: il Diavolo arrabbiato per essere stato giocato si buttò nelle acque del Serchio e da allora non se ne hanno più notizie.

IL PONTE DELL'ARCOBALENO

Un giorno, padre Sole apparve al giovane Atsosi Bagani e gli disse che avrebbe dovuto cercare una moglie in un territorio lontano e sposare la primogenita delle sorelle, chiamate Quelle-che-il-sole-non-illumina, che vivevano in un pueblo scuro e buio. Gli spiegò che erano così belle che gli uccelli, invidiosi, le avevano imprigionate e che solo lui avrebbe potuto salvarle. Gli disse che avrebbe realizzato un ponte formato da tante strisce colorate, in modo che egli, trasformato in farfalla, potesse raggiungerle e portarle via.
Atsosi, trasformato in farfalla variopinta, attraversò il ponte confondendosi con i suoi colori; arrivò nella loro casa e apparve alle sorelle, che tessevano un magnifico tappeto dai colori dell'arcobaleno. Le ragazze cercarono di prendere la farfalla, ma il Sole, che vegliava, le ridiede il suo aspetto reale.
Il giovane si presentò alle ragazze e annunciò loro che avrebbe sposato la più grande e avrebbero convissuto tutti insieme nella sua casa piena di luce. Gli uccelli si lanciarono su di loro per beccarli, ma il Sole li trasformò in farfalle e li condusse fino alla capanna di Atsosi. Qui fu celebrato il matrimonio.
Atsosi si dedicava alla caccia; le due sorelle tessevano tappeti, ma avevano nostalgia della loro casa buia.
Il Sole volle aiutarle: diede a ciascuna due chicchi di grandine per difendersi e le trasformò in farfalle.
Appena gli uccelli si avvicinarono, scagliarono i quattro chicchi di grandine, che trasformarono

progressivamente l'atmosfera in un temporale; dapprima nubi nere, poi pioggia scrosciante; ancora una grandinata e, infine, lampi e tuoni.

LA CASA TRA I RAMI

Nel bosco verde dell'eucalipto, del pino, il tiglio, il salice piangente accanto alla pozza d'acqua, il cerro, il platano, il cipresso la cannella, lanciano i loro profumi nell'aria, creano chiome ombrose per il riposo degli uccelli. Note fruttate di mandorla, mela, e fiori d'acacia si sprigionano nell'aria, il frinire delle foglie innalza nell'aria un'armonia di note che coronano il cinguettio canoro dei volatili in cerca del cibo per i loro nati.
Tra quei rami ombrosi a formare i nidi s'invola la vita, intrecci di fili d'erba e di ramoscelli, li legano ai rami più resistenti, l'interno ricoperto di piume ospita gli implumi.
I loro becchi aperti e rossi come il fuoco, chiedono cibo che i genitori pieni d'amore e di grande impegno portano loro con un continuo volare estenuante.
In tutte questi garruli andirivieni la mamma e il papà avevano costruito tra i rami di un platano, che protendeva il suo ramo proprio sul giardino ben curato di una villa. Il piccolo uccellino che da giorno allenava le ali ancora implumi, di buon mattino pensò che quello doveva essere il giorno in cui avrebbe provato a volare imitando il papà e la mamma.
Entusiasmato comunicò con il suo cinguettio ancora da allievo, che avrebbe cominciato a volare. Naturalmente la mamma si preoccupò di dirgli che non era ancora pronto, perché le sue alucce ancora implumi non avrebbero potuto sostenerlo in quel tentativo.
Con il suo cip cip continuò a ripetere la stessa

ramanzina; le sue ali ancora senza penne e non abbastanza forti non lo avrebbero sostenuto; ma improvvisamente il piccolo saltò sul bordo del nido, e sul ramo, scaldò un poco le alucce, fece qualche esercizio che i grandi facevano ogni volta prima di spiccare il volo, allargò le ali e con un salto si getto nel vuoto.
Aveva indubbiamente effettuato un lancio perfetto, ma il suo frenetico battere delle ali, non lo sostenne a sufficienza e precipito senza alcuna possibilità di ripresa verso il suolo.
Provò a chiedere aiuto alla mamma, che terrorizzata lo vedeva precipitare senza poter fare nulla.
Fortunatamente, il piccolo cadde su un mucchio d'erba appena tagliata nel giardino della villa e non riportò alcun danno.
Il suo pigolare attirò l'attenzione di un bimbo che chiamati i genitori, fece vedere il piccolo uccellino saltellare per il giardino, che sarebbe diventato un buon bocconcino per il loro gatto Napoleone.
Con molto attenzione e avendo cura, lo misero nuovamente nel nido, dove la mamma e il papà corsero a controllare che quel primo disastroso volo non avesse arrecato danni al figlioletto.
Qualche tempo dopo, una bella mattina di sole estiva la mamma chiamò il piccolo, gli pulì le penne , gli riallacciò le piume delle ali e della codina e così bello pronto ed elegante nel suo vestitino di piume nuove, si presento ancora sul ramoscello.
Fece un cip cip come a dire: "Cosa c'è di nuovo?"
La mamma lo guardo, controllò le ultime piume

ancora scomposte e disse con il suo cinguettio dolce e sicuro: "È ora."

Il piccolo spaventato dalla precedente esperienza rientrò nel nido.

"Coraggio è ora di provare a volare, ora sei ben equipaggiato per farlo, guarda come mi levo in volo con facilità."

Presa la rincorsa la mamma si levò in volo e fatto un breve giro intorno all'albero, e disse al piccolo: "Ora scalda le tue ali e sentirai che il venticello e le piume ti sosterranno e ti solleveranno in aria."

"Ma io sono caduto, non posso ancora andare in giro come fate voi."

"Ma dire no ora significherà che con l'arrivo dell'inverno non potrai seguirci nella nuova casa per trascorrervi il tempo buono."

"Io sono sicuro; non volerò mai più. Cadere ancora significa rischiare di morire."

"Ora le tue ali sono forti, piume belle e colorate le ricoprono. Io ho riallacciato tutti i tuoi anelli e potrai sicuramente volare; è il tempo giusto."

Incoraggiato dal papà che svolazzava in continuazione intorno al nido continuando a chiamarlo cip-cip-cip, si mise sul ramo più alto, allargò le ali le frullò un poco e si diede una bella spinta e partì. Un bel planare verso il basso ad ali spiegate e prima del solito mucchietto d'erba virò magistralmente verso l'alto. Poi volò sfiorando rami, foglie, altri uccellini che riempivano con i loro cinguettii le foresta con voli acrobatici per tutto il giorno. Saliva sempre più su fino alle nubi poi veloce come il vento giù fino a sfiorare la sabbia, i prati fioriti, e sulle montagne rocciose coperte da piccoli ciuffi d'erba. Fatte le più audaci acrobazie, tornò al nido stanco e felice per la sua bellissima esperienza e si accoccolò sotto il calduccio delle ali della mamma e si addormentò.

LA LEGGENDA DELL'AURORA

Molto tempo fa c'era un paese sempre al buio. Gli abitanti decisero di affidare a una persona veloce nella corsa il compito di rubare l'aurora a un altro paese.
Fu inviato Ghiandaia Azzurra.
Egli si mise a correre verso est e finalmente giunse in una capanna.
Qui c'era un bambino, il quale gli disse che tutti gli abitanti erano fuggiti via.
C'erano tre ceste a terra. Chiese al bambino cosa ci fosse.
Egli rispose: "Nella prima cesta c'è 'Prima sera'; nella seconda c'è 'Appena buio' e nell'ultima c'è 'Aurora'.
Ghiandaia Azzurra, lesto lesto, afferrò l'ultima cesta e se ne scappò di corsa.
Il bambino cominciò a gridare: "Ci hanno rubato l'Aurora!"
Tutti accorsero e si misero ad inseguire Ghiandaia Azzurra, che correva verso ponente.
Lo raggiunsero presso la Grande Valle, ma prima che lo afferrassero egli aprì la cesta e la luce volò fuori. E da allora ogni mattina spunta l'aurora su tutti i paesi del mondo.

LA LEGGENDA DELL'USIGNOLO

Siamo tutti prigionieri di una gabbia dorata, solo un sentimento ne è la chiave: l'AMORE. Lui aprirà la porta e noi saremo liberi di volare nella felicità più dolce…

In un'isola lontana di un paese del Sol Levante regnava un superbo imperatore. Era un sovrano molto vanitoso, che amava circondarsi di cose stupende e perciò tutto nel suo regno era incantevole. Anche sua figlia era bellissima ed egli l'aveva chiamata Splendore del Giorno. L'imperatore sceglieva per lei i vestiti più sontuosi, pretendeva che si ornasse con gemme e diademi preziosi e che il suo trucco fosse perfetto. Non l'abbracciava mai; la guardava solo per assicurarsi che la sua bellezza e il suo abbigliamento fossero sempre degni di una regina.
Ma Splendore del Giorno si sentiva oppressa da tutte queste ricchezze, priva di affetto e schiava della vanità del padre. Trascorreva il suo tempo passeggiando lungo i viali più reconditi dell'immenso giardino per nascondere agli altri le sue lacrime. Ella sognava d'essere povera, ma libera e amata.
Un mattino, in cui si sentiva più triste del solito, la principessa si rivolse al Buddha di giada del suo palazzo, con questa preghiera: "O dio della saggezza, aiutami a fuggire da questa prigione. Dammi la possibilità di andar via col vento profumato sui prati fioriti e di volare con gli uccelli nel cielo turchino."

Buddha indossò allora una veste di luce e così rispose alla giovane: "Ti offro cento lune per ubriacarti di libertà. Ogni sera, all'ultimo rintocco della mezzanotte, ti trasformerai in un uccello. Ma non appena il sole sorgerà, tu tornerai ad essere quella che sei, la principessa Splendore del Giorno. Sappi però che l'incantesimo durerà fino al termine delle cento lune."

"Sono pronta ad assumermi tutti i rischi," affermò la giovane.

Buddha mantenne la sua promessa e quella stessa notte, al dodicesimo tocco della mezzanotte, Splendore del Giorno fu trasformata in un uccello. Finalmente poteva allontanarsi dalla sua prigione dorata!

Volò in alto, ancora più in alto finché la sua casa non divenne che un punto luminoso e lontano. Piena di felicità, Splendore del Giorno si mise a cantare e il suo canto melodioso si propagò per la campagna addormentata come un inno di gioia. All'alba l'incantesimo cessò e, riprese le sue sembianze, la principessa tornò al palazzo reale.

Ben presto però l'imperatore venne a sapere che, quando scendeva la notte e la luna brillava sul mare, un uccello cantava in modo così melodioso che certamente doveva trattarsi di un essere divino. Che tipo di uccello era quello che egli ancora non possedeva? Subito ordinò ai suoi soldati di catturarlo.

Passò un mese, ma i samurai non riuscirono a prendere lo straordinario esemplare. Infatti Splendore del Giorno riusciva abilmente a sfuggire a tutte le trappole che le venivano tese. Fu così che il superbo imperatore, beffato dall'uccello

sconosciuto, si ammalò. Perse l'appetito e il sonno, deperì ogni giorno di più e alla fine dovette mettersi a letto.
Splendore del Giorno, preoccupata per la sorte del padre, pregò di nuovo Buddha: "O dio della saggezza, sono pronta a sacrificare la mia libertà in cambio della vita di mio padre. Ti supplico, rompi l'incantesimo e guariscilo dal suo folle male."
"Non è in mio potere salvare tuo padre dalla sua stupida ambizione. Tuttavia accolgo la tua richiesta di rompere l'incantesimo, anche se le cento lune non sono ancora trascorse. Può darsi che in questo modo tuo padre ritrovi il piacere di vivere e che questa prova possa averlo reso più umile."
Da allora Splendore del Giorno circondò il padre di amore e di premure e, per aiutarlo a guarire, chiamò al suo capezzale i più famosi dottori che gli prodigarono cure d'ogni genere. Malgrado ciò, il sovrano, sognando l'uccello divino, si consumò lentamente fino a morire.
Splendore del Giorno aprì ai sudditi più poveri del regno le porte del suo palazzo e mise a disposizione di tutti, contadini e pescatori, le immense ricchezze che suo padre, con orgoglio e vanità, aveva accumulato.
Adorata dalla sua gente, che la venerò come una dea, la principessa visse felice e finalmente libera.
Il dio Buddha, per ripagarla di tanta generosità, popolò la sua isola di uccelli divini, a cui Splendore del Giorno diede il nome di usignoli.
Da quel momento, e sono passati ormai tanti secoli, quando la luna emana i suoi ultimi chiarori

e il sole comincia a tingere di rosa il cielo, l'usignolo canta: il suo canto melodioso è un inno alla libertà dell'uomo.

LA NOTA MALINCONICA

Un di una nota uscì dal pianoforte, era malinconica, triste, l'aria fresca e tersa del mattino le procurò un brivido e il suo suono tremolò rendendola ancora più mesta.
Girava per la stanza rimbalzando da una suppellettile all'altra, senza riuscire a trovare quelle melodie a cui era abituata e nelle quale, le sue amiche, trovavano amore e unione in suoni splendidi e pieni di sentimento.
Ferita nel suo orgoglio e sentendosi non gradita, uscì dall'anta aperta di una finestra.
Fuori si confuse con mille e mille note della città, e si accorse che erano ugualmente tristi, note basse senza armonia e nell'aria si muovevano senza ordine senza accordo; ordine e accordo cui lei era abituata scritta nel posto giusto e con il tempo esatto, su di uno spartito.
Pensò di volteggiare nell'aria per abituarsi a quei suoni sgraziati e pieni di triste violenza per ogni nota, e girando girando, avvertì e riconobbe in una stradina la sua melodia, le note danzavano allegre tutte insieme in un ballo che lei conosceva bene, erano gioiose e piene di armonia.
Volò veloce in quella direzione, si fermò poco distante per vedere le sue amiche libere nell'aria fresca creare un insieme di accordi nati dalla mano di un barbone che correva veloce sulle corde di un violino. Erano belle piene di forza volteggiavano nei loro abiti della festa tra il fogliame degli alberi, accarezzavano il volto e l'udito dei passanti, presi soltanto dai loro pensieri, ma lei che conosceva quel volteggiare sereno, le ascoltò e vide che una

bambina dal cuore d'oro e l'udito sensibile a tanta bellezza, si avvicinò al povero barbone e gettò una monetina nella sua scatola fermandosi ad ascoltare prima di correre a scuola.

La nota triste allora, ritrovò il suo suono dolce delicato pieno di struggente sentimento e si unì alle sue amiche aggiungendo un piccolo tocco di bellezza, cui era abituata a dare, e felice rientro nel suo mondo fatto di armonia nei colori del cielo, nel frusciare delle foglie, nel garrire delle rondini, tutto era in armonia con loro, le note felici di uno spartito.

LA PICCOLA BARCA A VELA

In quell'elegante porto erano ormeggiate barche importanti, grandi e di raffinata eleganza, ognuna con il suo ormeggio prestabilito fornito di acqua potabile, luce e ogni altro servizio.
Il personale di bordo di ogni imbarcazione era indaffarato a renderle sempre lucide, pulite, ordinate e all'altezza del loro lignaggio.
Le banchine fervevano di una grande attività, al termine dei moli eleganti e ordinati, un breve tratto era stato lasciato com'era in origine, per le officine al servizio dei diportisti, il bagnasciuga era formato da ciottoli di pietra lisciati dall'erosione dell'acqua.
Al termine di questo tratto, nel punto più dimenticato di tutto il porto, una piccola barca a vela era poggiata su un fianco, abbandonata, sola e in pessime condizioni. Il fasciame aveva perso tutte le vernici brillanti di un tempo, le bitte erano arrugginite, gli scalmi piegati su un lato, la vela ridotta a un piccolo fazzoletto scolorito, l'albero ancora dritto aveva il boma privo dello strallo di sostegno e poggiato sul fondo della barchetta, un remo aveva di più l'aspetto di un pezzo di legno marcito immerso nell'acqua di sentina che nessuno provvedeva a svuotare da molto tempo.
La piccola barca, sola e triste, viveva di ricordi lasciandosi accarezzare dall'andirivieni di leggere onde che le rammentavano quando da giovane solcava, con il suo capitano, il mare aperto affrontando i marosi con la forza del suo scafo e l'azione della sua vela. Il timone le cantava una dolce melodia, facendola oscillare da un lato all'altro e battendo il tempo urtando contro la

battagliola di poppa... tum... tum... tumtum.
I giorni passavano e la piccola barca sognava il suo amico mare e il sole caldo che la accarezzava, perdendo di tanto in tanto la cognizione temporale.
Le onde scorrevano sotto la chiglia smuovendo i ciottoli e facendo scivolare lo scafo lentamente verso le acque, che se pur calme, erano mosse dai motori delle grosse imbarcazioni.
Così accadde che in una notte di luna piena, la piccola barca sola, triste e sonnolenta, perse l'ultimo contatto con la terra ferma e scivolò nell'acqua tiepida che la risvegliò dal suo torpore e le rammentò i passati giorni di gloria che lei sempre sognava.
La sensazione di sentirsi nuovamente libera e di avvertire il timone che riprendeva vita orientandosi secondo le lievi correnti del porto, inebriarono la piccola barca che lasciò ondeggiare l'albero ora nuovamente sciolto nel vento, lentamente uscì dal porto e riprovò lo stesso piacere dei trascorsi anni, quando con la barra ferma nelle mani del suo capitano, poneva la prua alla risacca del mare mentre la sua vela si gonfiava offrendosi al vento.
Il mare la accolse con amore salutandola con le onde lievi che la ripulirono dalla sabbia e dalle scaglie di vernice non più aderenti al fasciame. Riconobbe quelle sensazioni di libertà e la luna illuminò i suoi primi momenti di navigazione. Felice puntò la prua al mare, il logoro fazzoletto di vela raccolse i refoli leggeri di vento e dette alla piccola barca la spinta per allontanarsi dal porto che l'aveva condannata a quella fine indegna dopo tanti superlativi giorni.

Le prime onde colpirono lo scafo e il fasciame scricchiolò per gli anni d'inerzia sotto il sole a seccare, un poco di acqua penetrò tra le tavole e andò ad aumentare quella già presente in sentina, ma la piccola barca abituata ad affrontare marosi più violenti, non si spaventò e puntò con decisione la prua al mare aperto che la investi con la forza delle sue onde più grandi.

Niente poteva spaventarla, nel suo cuore ora si erano risvegliati i momenti passati a combattere i marosi e anche adesso era intenzionata a sconfiggere le onde che si scagliavano sempre più violente scavalcando la sua debole prua e penetrando nello scafo che diveniva ogni volta più pesante e instabile.

Il timone orientò la prua al mare violento, la vela già ridotta a un fazzoletto continuò a dare forza al suo andare, ma le onde, sempre più alte, cominciarono a sconfiggere quel fasciame ora ridotto a semplici tavole sciolte. Il maestrale, abbatté l'albero che cadde con fragore sul piccolo scafo procurando dolore e danno alle sue fragili strutture, la barca sbandò su un lato e immerse il fianco nelle acque gelide, la sua prua puntò sotto l'onda ingavonandosi in quel mare ora nemico e puntando verso il basso lo scafo ora non più forte come un tempo. Un momento di terrore afferrò la piccola barca, che comprese di essere arrivata alla fine del suo viaggio.

S'immerse in quelle acque, in altri tempi amici, e si accorse che ora non doveva più vincerle navigando, ma poteva volare in esse accompagnata da uno stuolo di pesciolini che le accarezzavano i fianchi e la chiglia asportando

parti di vernice e di alghe formatesi nel tempo.
Considerò che non fosse poi tanto brutto scendere in una tale bellezza e puntò la sua prua verso il fondo, il remo la lasciò scivolare libera privandola del suo rollare continuo, il timone si piegò su un lato incastrandosi sulla poppa. La piccola barca ricordò le melodie del suo capitano e le cantò mentre scendeva verso il fondo, poggiandosi su un letto di soffice sabbia. Coricandosi su un lato, la piccola barca, guardò le acque che la circondavano e, continuando ancora un poco a rollare, ascoltò la vibrazione armonica del mare profondo e si addormentò serena su quel giaciglio, con la sua coperta d'acqua.

LA FORMAZIONE DELL'UNIVERSO

Nell'universo, tutte le stelle si preparano all'Alba che da lì a poco anticipa il sorgere del Sole, rassettano la loro luminosità, controllano il loro orbita nel cielo, salutano le amiche lanciando il loro suono nell'universo, cercano di evitare i meteoriti e si preparano al grande saluto al loro Re.
Alfa 2-378, una tra le più anziane della sfera celeste, si accorse quel nuovo giorno, della nascita di una novella stella e, nel chiarore dell'aurora lanciando un suo raggio in quella direzione, esclamò con voce calma: "Buongiorno piccolina come stai, ben arrivata tra noi."
La nuova stellina restò interdetta: era ancora disorientata e scombussolata; non capiva bene chi avesse parlato, né da dove provenisse la voce.
Inoltre quello strano posto e il nero profondo del cielo delimitato soltanto da piccole fiammelle la disorientava facendole credere che fosse ancora notte; o forse era giorno, per via della luce, calda e accogliente, che proveniva dalla sua sinistra.
Alfa non sentendo alcuna risposta ripeté: "Allora, come stai? Dico a te piccolina?"
"Sì, sì, mi sento bene," rispose la stellina ascoltando per la prima volta la sua sottile vocina. "Dove mi trovo?"
Alfa meravigliata rispose: "Non lo vedi? Guarda bene. Sei tra le stelle più antiche dell'Universo! E ora anche tu appartieni al firmamento splendente."
Ancora un po' spaesata la piccola stella si guardò intorno e si rese conto che quella voce aveva

ragione: migliaia, anzi milioni di astri splendevano come fiammelle nel blu profondo dello spazio.

Nell'insieme esse creavano un mosaico di puntini scintillanti che, mossi dal vento solare, apparivano come le onde del mare in un turbinio spettacolare di varia intensità.

Accortasi della calda e tenera luce di Alfa, la piccola stellina posò il suo sguardo su un pianeta dall'intenso colore azzurro che non brillava di luce propria, ma era avvolto da nuvole bianche che lo proteggevano dai forti raggi del Sole; la sua strana forma a pera, sembrava respirare lentamente soffiando verso l'alto il suo manto di nubi bianche che subito si tramutavano in filamenti argentei.

La piccola stella esclamò: "Sono in cielo, anzi nel firmamento dorato! Che bello!" Poi rivolgendosi ad Alfa disse: "E tu chi sei?"

"Il mio nome è Alfa 2-378 appartengo alla volta celeste da milioni di anni!"

Non le era ancora chiara tutta la situazione e pur sentendosi bene, aveva bisogno di sapere chi fosse.

Alfa allora le disse: "Ma non hai capito? Sei una stella! Non domandarti altro, forse che nel creato ognuno si chiede chi è o si domanda perché è così?"

A questo dire la piccola stellina, si rasserenò e sedutasi su una grossa meteora, tornò a osservare quel pianeta azzurro che tanto la incuriosiva.

Lo vedeva diverso colorato e splendente, ruotare nella sua orbita intorno al sole quasi fosse una danza leggiadra riflettendo la luce del suo azzurro intenso, cominciò a capire molte cose che le altre stelle le trasmettevano con i loro messaggi sonori.

Da una zona diversa dell'universo un'altra melodia le disse: "Ogni mese il sole, fa visita ad una costellazione dello zodiaco, e questo è il motivo per cui queste costellazioni sono 12 complete di tutte le loro stelle giovani e meno giovani." Ancora una melodia dolce e tenera continuò ad informarla su quello che sarebbe stato il suo vivere: "Naturalmente come ti ha detto Z-789, durante quel mese, questa particolare costellazione non risulta visibile, poiché il cielo vicino al Sole è troppo luminoso per consentire la visione delle stelle."

La stellina cominciò a capire il funzionamento del firmamento e presto anche lei, malgrado la sua intensa giovane luce sarebbe stata oscurata.

Certamente sarebbe passato del tempo, perché va tenuto conto che il 'segno' assegnato ad ogni mese dagli oroscopi non è la costellazione dove *si trova* il Sole in quel mese, ma dove si trovava nei tempi antichi.

La stellina cominciò a viaggiare nella sua lunghissima orbita guardando le infinite bellezze dell'universo e lanciando di tanto in tanto un suo gridolino di meraviglia che lasciava sfuggire uno sprazzo di luce argentea.

"Mi, Fa, Sol, La, Si, Do, Re, Mi, Fa."

Lei poteva sentire il vociare continuo delle altre stelle ed i vocioni rumorosi e scorbutici dei pianeti lontani, ma il suo viaggiare era solitario in quella immensità.

Improvvisamente la stellina aguzzando la sua attenzione, vide ruotare intorno al suo pianeta azzurro un piccolo mondo con una tenue luce riflessa, chiese ad Alfa: "Ma che succede a quella stella laggiù? Ruota tanto vicino a quel pianeta azzurro bellissimo?"

Alfa rispose: "Mia cara quella non è una stella come sei tu, ma è un pezzo di quel pianeta azzurro che si chiama Terra. Un tempo, a seguito della collisione di un asteroide gigante, una parte si staccò da lei, ma ama talmente tanto la sua mamma, che non vuole allontanarsene e spera di tornare presto tra le sue braccia. Essa si chiama Luna." Alfa raccontò un poco della storia di Luna, vista la sua longeva vita. "Luna impiega circa un mese per fare un giro intorno alla Terra (la durata del mese ha proprio origine dal ciclo lunare), e durante questo periodo la sua orbita interseca l'orbita di sua madre, e per due volte essa tenta di abbracciarla." Alfa continuò a raccontare la storia della Terra e del Sole, meravigliando sempre più la piccola giovane stellina: "Tra il sole e la Luna esiste una rivalità sull'amore per la Terra e di tanto in tanto quando il sole si trova dalla parte opposta alla Luna proietta l'ombra della Terra su di essa oscurandola per cancellarla alla vista di sua madre."

Questo amore tenero e forte tra il pianeta e la sua Luna, la accompagnò nel suo viaggio, stimolando i suoi sogni e spingendo la piccola stella lontano, dove avrebbe occupato il suo posto per sempre continuando ad inviare le sue melodie nello spazio immenso unendosi alle sue sorelle maggiori nel suono infinito dell'universo intero.

IL KIMONO NERO

Una bella mattina di primavera, uscendo per andare al lavoro, ho visto una donna bellissima ferma sul bordo di un marciapiedi pensierosa. Gli passo accanto e mi dirigo verso la mia auto. La donna viene verso di me e con tono gentile mi dice: "Scusi devo andare a trovare mia madre gravemente malata in Via Livorno 62, per caso va da quelle parti per darmi un passaggio?"
Osservai le forme perfette della donna sotto il leggero elegante vestito, i suoi capelli scuri le inondavano le spalle con riccioli ribelli e gli occhi scuri, dove ci si poteva perdere, mi portarono a dirle: "Sinceramente io non vado da quelle parti, ma visto che non sono troppo distante posso fare tranquillamente una piccola deviazione ed accompagnarla."
Le aprii lo sportello dell'auto e la feci accomodare, nel sedersi la gonna le salì un poco lasciando scoperte due gambe veramente perfette, si ricompose, chiusi la portiera e andai a sedermi davanti al volante.
Presi la strada diretto a Via Livorno, le porsi la mano e le dissi di chiamarmi Valerio, lei prese la mia mano la strinse e mi disse di chiamarsi Lorena.
"Valerio sa perché le ho chiesto il passaggio? Qualche settimana fa ho perduto il lavoro e ora mi rimane difficile procurarmi il necessario."
La notizia mi colpì e pensai che magari non aveva fatto neanche colazione.
"Lorena io questa mattina per la fretta non ho fatto nemmeno colazione mi farebbe l'onore di

prendere qualcosa in un locale che conosco da anni?"
"Volentieri tanto il tempo non mi manca."
Mi fermai davanti a un bar elegante e ben arredato, aprii la porta e feci entrare Lorena dirigendomi verso un tavolo appartato e tranquillo. Lorena prese un caffè-latte e una brioche mentre io presi un caffè americano con una crostatina."
Dialogammo un poco sulla sua situazione, offrendogli la mia solidarietà e la mia compagnia futura.
Andammo verso l'uscita e passai alla cassa dove la signorina mi disse: "Dottore è un po' di tempo che non viene a trovarci come va, tutto bene?"
"Oh! Si grazie sono stato molto occupato ma come vede eccomi qui, buona giornata."
"Buona giornata a lei."
Appena fuori notai che il paesaggio era cambiato, le case non avevano più lo stesso aspetto, la strada era più isolata la mia auto non c'era più, senza dargli importanza ci incamminammo verso una palazzina un poco appartata come se la conoscessimo da molto tempo. Varcammo il portone salimmo al secondo piano e suonammo ad una porta.
Una signora dall'aspetto un poco avanti negli anni ma decorosamente vestita ci aprì.
"Dottore, da quanto tempo non viene a trovarmi, la sua dependance è sempre in ordine e in attesa di una sua visita, si accomodi tutto a posto come lei desidera."
Entrammo sicuri di conoscere bene quel piccolo angolo intimo, andammo ognuno nel nostro spogliatoio ci rinfrescammo, ci togliemmo i vestiti

e indossammo le nostre vestaglie, per me il mio kimono di seta nero foderato di rosso e lei un vestaglia leggera trasparente che metteva in risalto le sue forme perfette.

Andai verso di lei, mi buttò le braccia al collo e poggiò la testa sulla mia spalla sinistra, i suoi capelli inondarono del loro profumo di lavanda le mie narici.

Quell'abbraccio intimo che mise in contatto i nostri corpi, fu come un atto di magia, ci ritrovammo fuori nella strada Via Livorno alla ricerca del numero 62. Dopo aver fatto un paio di volte la strada senza esito, tornammo dalla signora di prima che ora era la portiera di uno stabile e chiedemmo del numero 62.

"Buongiorno signori, vedete due settimane or sono hanno cambiato i numeri civici e ora il 62 è diventato il 35, in fondo alla strada."

"Grazie, buona giornata."

Andammo al 35 entrammo nel portone e al primo appartamento sulla destra ci fermammo, Lorena prese la chiave ed aprì la porta, chiamando la madre. Nessuno rispose, l'appartamento era vuoto.

Ci ritrovammo nuovamente nelle nostre vestaglie io il kimono di seta nero foderato di rosso e Lorena nella sua vestaglia trasparente e leggera.

Ci abbracciammo e quel contatto ci portò lentamente e con tanta emozione verso un amplesso meraviglioso , e mentre ci offrivamo ancora uno all'altra lo schermo luminescente tremolò e tutto scomparve, rimase soltanto sul letto il mio kimono di seta nero foderato di rosso.

IL PRIMO BACIO

Era un giovedì di primavera, entrai correndo in ufficio per una riunione in direzione, mentre percorrevo il corridoio dalla parte opposta ti vidi venire verso di me. Ci fermammo a qualche passo uno dall'altra, i nostri occhi si unirono in un momento magico, tu, facesti un passo verso di me e poggiasti una mano sul mio petto, continuando a guardarci, le nostre labbra s'incontrarono e sentii il sapore delle tue labbra. I tuoi capelli profumavano di fiori, aspirai quel profumo, ora ricordo era lavanda... profumo di lavanda. Quel bacio, un tenero piccolo bacio stampò per sempre nella mia mente questo meraviglioso ricordo.

IL MUGHETTO

I mughetti, con la loro perfetta forma a tazza, bianchi e tutti perfettamente uguali tra loro, sono una pianta spontanea che cresce nei boschi delle Prealpi. La loro origine, raccontata in una leggenda da centinaia di anni fa, che dona fascino e mistero a questo fiorellino narra che, in un giorno di allegria, le fate del bosco uscirono dalle loro casette nascoste e invisibili, e dettero vita ad una festa fra gli alberi piena di musiche, canti e allegri voli come piccole farfalle bianche. Cantarono e danzarono, spensierate e felici; in tutto questo fantastico festeggiare celebrarono riti e trascorsero una giornata piena di luce e di profumi. Prese dal vortice delle danze e dalla frenesia dei canti, le piccole fate, al mattino prima del sorgere del sole, si nascosero rientrando nelle loro piccole e misteriose case, dimenticando nell'erba le loro delicate tazzine usate per bere al ruscello. La notte successiva, accortesi della dimenticanza, tornarono nei boschi della sera precedente per recuperare le loro preziose tazze. Con infinita sorpresa e meravigliate dal fantastico spettacolo, le ritrovarono all'alba, in numero infinito nascoste sotto il fogliame, accanto agli alberi, tra gli arbusti. Compresero subito che la dimenticanza avrebbe lasciato un segno della loro esistenza, Il folletto protettore del bosco aveva pensato bene di celarle a sguardi indiscreti. Da quel giorno il prato risultò tutto chiazzato di piccoli calici bianchi, la leggenda raccontò agli umani questa particolare origine dalla quale nacque il nome di "tazzine delle fate", dato ai mughetti.

Dalla leggenda nacque anche il significato di questo minuscolo fiore che fu preso a simbolo della civetteria per essere nato dalla festa civettuola delle piccole fate.

STORIA DI UN INCONTRO

Quel giorno doveva diventare il più importante delle vita di Loris, si alzò presto come al solito, attese alle sue abluzioni mattutine canticchiando una vecchia canzone, si rasò con cura e mentre la lama correva veloce sul suo viso, il canticchiare gli procurò un piccolo taglio sul viso che tamponò con la sua matita emostatica.
Spruzzò con piacere il dopobarba, si ravviò i capelli, irrorò di deodorante le ascelle, e continuando a canticchiare andò a vestirsi. Quella mattina era incerto se indossare un abbigliamento classico o sportivo, ma la sua abitudine a portare la cravatta lo orientò verso quel genere che lui indossava con maggior disinvoltura.
Si vestì con cura, scelse una cravatta di suo gusto e dopo averla sistemata sotto il colletto della camicia perfettamente candida, indossò la giacca e si pose davanti allo specchio per controllare che tutto fosse in ordine, un ultimo sguardo e uscì.
Mentre camminava per le strade che conosceva bene, continuava nella sua mente a pronunciare le parole della sua canzone preferita. I negozi scorrevano sotto i suoi occhi rapidi. Di tanto in tanto si soffermava a guardare la merce esposta più incuriosito che interessato. Nell'aria primaverile gli uccelli diffondevano il loro cinguettio accompagnando il suo passeggiare e l'aria mossa da un lieve venticello gli scompigliava leggermente i capelli.
Arrivato a piazza Capranica, si soffermò davanti ad un negozio di accessori d'abbigliamento e mentre guardava nelle vetrine i vari oggetti, il suo

sguardo fu colpito dalla presenza di due occhi cerulei che da dietro il banco lo sfioravano incuriositi.

Interessato, Loris, entrò e con la galanteria che lo distingueva in ogni occasione, si rivolse ai due occhi rimasti nei suoi ed entrò: "Buongiorno."

"Buongiorno, in cosa posso esserle utile?"

"Vede, io non abito molto lontano, mio malgrado non conoscevo questo negozio, avete delle belle cose esposte."

"Noi siamo qui da circa venti anni fin da quando ero bambina."

Mentre i loro occhi restavano immersi nel sogno di un incontro casuale che li teneva uniti.

"Non sapevo della vostra presenza malgrado spesso io venga qua al Capranica a vedere i film che mi interessano."

"Sì, è un locale molto frequentato. Ma in cosa posso esserle utile?"

Loris senza staccare gli occhi dalla ragazza rispose: "A dire il vero non so cosa posso scegliere tra tanta bella merce, ma vorrei chiederle un consiglio. Vede vorrei fare un omaggio a una giovane ragazza che ho conosciuto ma che della quale non conosco i gusti."

"Mi scusi la domanda, ma non è per sapere le sue cose, ma vi frequentate?"

"Vede sinceramente io l'ho solamente incontrata e vorrei farle un omaggio per poterla rivedere."

"Sì, ma trovo che potrebbe essere sconveniente presentarsi con un omaggio tanto personale a una signora."

"Vede, sarebbe solamente un mezzo per avere il coraggio di avvicinarla."

La ragazza, di nome Livia, cercò di consigliare Loris sottoponendogli accessori d'abbigliamento di vario genere soffermandosi in particolare su di un foulard di seta variopinto con piccoli mazzolini di mughetti in un campo verde con ciuffi di viole.
"Guardi, è difficile indovinare i gusti di questa fortunata signorina ma io le consiglierei questo, non soltanto perché io lo ritenga il più adatto, ma anche perché a me piace moltissimo."
Loris guardò con cura il foulard rigirandoselo nelle mani, assaporandone la leggerezza e la perfezione delle decorazioni e poi con grande sicurezza disse: "Si credo possa andare, anzi sono certo che le piacerà. La ringrazio del consiglio è stata veramente gentile a dedicarmi il suo tempo."
Livia rimise il delicato oggetto nella sua scatola e lo confezionò con cura per un regalo prezioso, legandolo con tanti nastrini variopinti che terminavano su un lato con una cascata di colori. Lo consegnò a Loris ritirò il denaro e gli fece tanti auguri per il suo incontro, continuando ad immergere il suo sguardo ceruleo in quello di Loris.
Preso il regalo, Loris uscì, fece qualche passo e dopo aver sentito la porta richiudersi alle sue spalle, si voltò tornò indietro ed aperta la porta guardò ancora la ragazza che sorpresa chiese se avesse cambiato parere sul regalo.
"Mi scusi non mi sono nemmeno presentato, io mi chiamo Loris."
"Piacere io mi chiamo Livia, cosa posso fare per lei ancora?"

"Che bel nome il suo… Livia… Vede, uscendo mi sono chiesto se magari un giorno potrei invitarla a prendere un caffè, vista la sua gentilezza."

"Certamente Signor Loris, tanto mi sembra di aver capito che lei abiti da queste parti."

"Sì, non abito molto distante, e a dire il vero desideravo quest'oggetto per farne dono a lei e per sapere se mi volesse concedere il grande onore di averla magari una sera a cena con me?"

"Signor Loris ma scherza, non posso accettare il suo omaggio, quanto a prendere un caffè insieme mi fa piacere, ma assolutamente non posso accettare il regalo destinato a un'altra signora."

"Livia, le dico la verità, io ho scelto questo regalo non per un'altra donna, ma invero l'ho scelto per lei anche dietro il suo consiglio, perché il piacere di poterla rivedere mi aveva suggerito questo modo per poterle parlare. Insisto, lo accetti insieme al mio invito a cena per questa sera se lei non ha altri impegni."

"No Loris, non ho impegni ma mi mette in difficoltà con il suo dono."

"Insisto ancora, lo accetti dopo tanto lavoro fatto insieme per sceglierlo, credo che non sia male che vada nelle mani di chi ho voluto conoscere e che sia il mezzo della nostra amicizia."

Livia accettò il dono e tornando a fissare gli occhi di Loris acconsentì anche l'invito per quella sera a cena dopo le otto alla chiusura del negozio.

Loris con la sua solita galanteria baciò la mano di Livia e disse felice: "Grazie, e allora a questa sera."

Uscì ancora e voltandosi inviò un bacio con la mano verso la splendida Livia.

L'ULTIMA FOGLIA

Il cielo limpido e azzurro si stava ricoprendo di nuvole, l'avanzare dell'autunno suonava la melodia del riposo alla natura, gli alberi cambiavano colore dei loro abiti estivi, le foglie già morte perdevano il loro legame con i rami e cadevano a terra formando un tappeto frusciante e uniforme.
La gente cominciava a indossare sciarpe e abiti pesanti, spostando e facendo svolazzare nell'aria le foglie ormai cadute.
Gli alberi si trasformavano in braccia scheletriche protese al cielo, cadendo sempre più nel torpore invernale.
Nel cielo le nuvole divenivano sempre più grigie e scure riempiendosi di vapori acquei che presto avrebbero riversato al suolo.
Solo un'ultima foglia resisteva a questo cambiamento non volendo lasciare il suo ramoscello che le aveva donato la vita.
Il vento la sferzava facendola ondeggiate nell'aria, ma lei tenace nel suo desiderio di far proseguire il tepore e l'aspetto estivo del suo albero, restava caparbiamente attaccata al suo piccolo ramo.
Le prime gocce d'acqua cominciarono a cadere, le nuvole ora divenute nere e gravide di pioggia, cominciavano a sferzare con violenza l'ultima foglia colpendola ripetutamente con grosse gocce violente.
Lampi e tuoni accompagnavano questa battaglia incutendo terrore alla foglia che tremante non voleva lasciare il suo posto.
La pioggia si trasformò in chicchi di grandine e l'ultima foglia colpita più volte, cedette a questa

violenza staccandosi dal suo ramoscello che la vide cadere al suolo svolazzando nell'aria, prima di chiudere gli occhi per abbandonarsi al torpore invernale.

L'ultima foglia ancora forte della sua volontà, non voleva raggiungere il suolo e continuo a volare nell'aria fredda sfidando il temporale.

Il soffio violento del vento la sollevava ogni volta prima che lei toccasse il suolo, l'ultima foglia girò tra i rami degli alberi ormai nudi e si accorse che lei era l'unica ancora capace di affrontare l'azione della natura. Più volte ella sfiorò il suolo ricoperto dalle sue compagne ormai inerti e calpestate dagli uomini, e più volte si risollevò nei vortici violenti della tempesta.

Improvvisamente il vento si calmò e l'ultima foglia ondeggiando nell'aria si posò tra le sue compagne su quel letto ormai inerte e si addormentò.

LEGGENDA DEL PETTIROSSO

C'era una volta un uccellino tutto grigio: non aveva proprio niente che attraesse l'attenzione, era proprio piccolo e bruttino. Nessuno voleva giocare con lui.
"Chi ti credi di essere?"
"Vai via, sei proprio brutto, non voglio giocare con te!"
"Mi vergogno di averti vicino, sta' lontano!"
Questo gli dicevano amici e conoscenti.
L'uccellino allora volava e volava tutto solo, con il cuore pesante di solitudine e di tristezza. Un giorno arrivò appena fuori le mura di una grande città. Lui non sapeva che si trattava di Gerusalemme. Proprio su una collinetta vide tre crocifissi con tre uomini. Uno solo però aveva una corona di spine conficcata nella testa.
Il suo piccolo cuore si indignò: non basta forare mani e piedi con i chiodi? Non basta lasciarlo lì a morire di dolore e di sete, come gli altri due?
Era proprio molto arrabbiato e pieno di compassione per quel Crocifisso.
Lui non sapeva che era Gesù. Ad un tratto si illuminò: ma qualcosa posso fare per Lui! Spiegò le alette, prese la rincorsa, con un volo deciso si avvicinò e con tutta la forza del suo beccuccio strappò una spina, e poi un'altra e un'altra ancora con il cuore che gli batteva fortissimo.
All'ultima spina però una goccia del sangue del Crocifisso gli schizzò sul petto grigio, mentre lui gli sorrideva, come per ringraziarlo. L'uccellino corse a lavarsi alla fontana, ma più si lavava, più la

macchia di sangue sul suo petto diventava luminosa.

"Oh, come sei bello!" Gli disse un'uccellina che passava di lì. "Nessuno ha un colore così bello sul petto!"

"Vieni a giocare con noi! Ti chiameremo Pettirosso," gli dissero gli altri uccelli.

Pettirosso non se lo fece dire due volte, li perdonò e giocò e giocò, volando, cantando, in una frenesia di felicità. Un pensiero però gli attraversò il cuore: e i miei figli saranno tutti grigi o avranno un bellissimo petto rosso come il mio? L'uccellina che per prima lo aveva visto si era intanto innamorata di lui e insieme costruirono un nido. Quando l'uccellina vi depose tre fragili uova, lui stette lì tutto il tempo a guardare, per cogliere il momento in cui si schiudevano.

Sì, i nuovi nati avevano il petto rosso proprio come lui. E allora fu completamente felice.

Non sapeva che quando il Crocifisso fa i suoi doni, non li fa mai a metà.

VORREI

Quanti vorrei, quanti sogni, quanto amore. Anch'io vorrei vivere tutto questo e assaporarne i momenti miracolosi in cui due anime s'incontrano e vivono come un essere solo. Volo con i miei sogni nei tuoi pensieri e li sento penetrare nel mio cuore portandomi in un mondo che forse non esiste o è solo un sogno. Sei meravigliosa e ti porto nel cuore come forza motrice della mia vita per avere parole e sogni da vivere.

IL TEMPO E IL RICORDO

Ricordo quei momenti di tenero abbandono, quando il mio sguardo si perdeva nel profondo sconfinato dei tuoi occhi.
Le mie mani raccoglievano sabbia per noi, che sfuggiva in un attimo come i nostri baci troppo veloci nel loro piacere di unirci.
Sei ancora l'infinito nella sua complessità, misteriosa, sfuggente.
Ho cercato di afferrare la tua anima per trovarmi a vivere un amore fatto d' aria.
I nostri passi non avevano la nostra meta, ma io mi orientavo verso di te sfuggente e pensierosa.
Stringevo le tue spalle in un abbraccio dolce, rassicurante, protettivo, senza averne in cambio uno anche se solamente tenero.
Ora che il tempo trascorso ha spianato ogni altura forse troverò la strada che mi conduce nelle acque calme di porto sicuro.

IL SOLE E IL VENTO

Dalla meraviglia dell'umanità davanti alle forze cosmiche sono nati culti, miti, leggende, ma anche la curiosità e il desiderio di sapere all'origine della scienza. Oggi ci inoltriamo nella storia del confronto primordiale tra il sole ed il vento.
Tanto tempo fa, il sole ed il vento si trovarono a vivere nello stesso giorno, un confronto primordiale per il dominio dell'universo. Dopo aver discusso molto sulla loro potenza, litigarono per stabilire chi fosse il più forte ed il più potente tra i due.
Il cosmo osservava i fenomeni causati da questi continui confronti, lasciandosi ammaliare dalla potenza e dalla pericolosità delle forze in atto. I due contendenti, affascinati dalla natura continuavano ad agire in disaccordo tra loro originando colori brillanti estivi, lo spegnarsi degli stessi nel manto autunnale, la purezza e lo sciogliersi delle nevicate invernali.
Questo confronto preoccupava le varie costellazioni e l'universo intero, anche perché i contendenti erano arrivati alle maniere forti e rischiavano di farsi del
male distruggendo quanto di buono poteva vivere in loro.
Il sole non potrebbe più scaldarci regalando energia alla natura per crescere, e che sollievo ci darebbe il violento soffiare di un vento trascurando la dolce brezza primaverile.
Gli dei dell'Olimpo riuniti a convegno, decisero di sottoporre i due ad una prova, al vincitore della gara sarebbe stato dato in premio l'onore di

potersi proclamare il più forte e il più potente tra gli esseri che abitano nel cielo.

Dopo una ulteriore lite tra loro ed un forte rimbrotto agli dei, il sole ed il vento acconsentirono a sottoporsi a questa prova; dopo aver esposto ognuno le proprie idee, decisero di considerare vincitore chi tra i due fosse riuscito a togliere di dosso i vestiti di un viandante.

Il vento, presuntuoso e prepotente, iniziò la contesa soffiando lievi refoli per abbassare la temperatura al viandante, le piante e le foglie cominciarono a muoversi senza tregua, visto che il viandante non soffriva per questo suo lieve inizio, intraprese a soffiare con maggior vigore per tentare di strappare, gli indumenti del povero sfortunato.

Non riuscendo ad ottenere risultati validi al suo progetto, chiamò in aiuto tutti i venti del suo clan, Tramontana, Grecale, Levante, Scirocco, Mezzogiorno, Libeccio, Ponente, Maestrale, chiuso in assemblea comunicò i termini della sua gara con il sole e ordinò che ognuno dovesse dare il meglio di se stesso per dimostrare di essere il più potente e togliere di dosso al viandante i suoi vestiti.

I venti cominciarono ad agitare raffiche potenti ad alte velocità, mulinelli, trombe d'aria, cicloni, il tutto per far volare gli abiti al viandante, ma l'uomo infreddolito e spaventato si stringeva sempre più nei suoi vestiti per proteggersi da quella improvvisa ondata di gelo.

Il vento allora si scagliò con ancora maggiore impeto su quel povero malcapitato, ma invano, il viandante, intirizzito dal freddo, prese un altro mantello e se lo strinse addosso.

Alla fine, il vento, esausto ed esasperato da quei continui insuccessi, si allontanò con rabbia dalla scena e cedette il posto al suo rivale.

L'astro lucente sfoderò un sorriso furbo e sornione, come se avesse già in mano la vittoria, dapprima fece capolino timidamente tra le nubi e cominciò a godersi lo spettacolo.

Lentamente cominciò a far scaldare i suoi raggi, il povero viandante, ancora sfinito per le terribili raffiche di vento che lo avevano tormentato sino a pochi istanti prima, cominciò a togliersi con prudenza il mantello supplementare.

A questo punto il sole iniziò a splendere con più vigore, e man mano che passava il tempo, il viaggiatore riprese a camminare con passo più sicuro e spedito.

Ben presto, però, il caldo si fece più torrido perché il sole sprigionava vampate sempre più forti.

Il viandante continuò a camminare per alcuni istanti ancora, e non potendo più resistere a quell'afa terribile, si spogliò completamente e si tuffò nel fiume che scorreva nei pressi, per fare un bagno rinfrescante.

Il vento fu costretto ad ammettere la sconfitta e, da quel giorno, il sole poté vantarsi di essere il padrone incontrastato del firmamento.

Quindi noi riusciamo a proteggerci dal freddo e dal gelo coprendoci bene, mentre dal caldo torrido non abbiamo difese utili.

VITA D'AMORE

Or che d'amor ho trovato il filo, con te voglio narrar d'amore le mie storie.
Son nato in tempi in cui il cuore dava alla vita forza infinita. Non sono certo d'aver mai trovato, vissuto e avuto, d'esso un piccol momento.
Lasciatemi immaginare come allor avrei voluto inebriarmi, sotto le stelle del firmamento intero; di me porto in core il gran tormento per non averlo mai trovato. Voi non sapete cosa sian per me questi momenti di magia assoluta, il tirar fuori dal mio core il desiderio d'amare e d'esser amato.
Le storie vissute in finzioni estreme m'han condotto su cammini strani e passatempi che vissuti per mia volontà in finezza ultima si son tramutati in triste e desolata fine.
Quando si ama, arriva inevitabilmente il momento in cui sentiamo che c'è qualcosa nel nostro modo d'amare, da trovarsi immersi nella fantasia più pura.
Or che il vivere suona a rintocchi nell'animo e gli occhi han fissato troppo il sole, continuerò a sentir note chiare e veder aloni rossi intorno.
Come vorrei poter avere accanto chi d'amore è fornito in quantità e d'amor sa fremere e tremare perch'io frema accanto al suo tremito adorato cedendo senza tema all'amore immenso che da esso mi perviene.
Il tuo vivere mi sta nel cuore come in un sonaglio, e visto che io non faccio che vibrar per te, sempre, esso con amore s'agita e il tuo animo mi risuona dentro.

PROTEZIONE PER TE

Mi parli con la voce dell'autunno, mi accarezzi con l'alito del vento, i tuoi occhi neri mi guardano dal profondo baratro. E' dolce ascoltare la musica delle foglie e guardare la danza della pioggia nella notte mentre il corpo si abbandona alla lusinga del sonno.
Ho costruito mura alte per proteggerti dalle frecce del disagio ed ho cantato a voce alta. Ma non lascerei tanto amore sofferto, desiderato, sognato protetto da una muraglia di difesa. Scenderei a sorreggerlo al tramonto di ogni giorno non nel rumore del silenzio, ma annunciandomi al suono di trombe potenti che possano segnalarti la mia desiderata presenza.
Nell'argenteo volare di chi teme il respiro del tempo nonostante la mia mano tesa, ti nascondi dietro pensieri ed affanni che inventi per te sola, ed io non smetto di aspettarti nel rosseggiare dei luminosi tramonti

IL SOLDATO

Molti anni or sono conobbi una persona, molto avanti nell'età, che mi raccontò la sua vita da giovane finita la grande guerra, la cosa mi interessò molto e mi commosse per il suo rivivere quei tempi.

Porto ancora dentro di me il ricordo di un'Italia che tra mille difficoltà in Alto Adige e Friuli Venezia Giulia, riuscì a vincere una guerra che fu di cruciale importanza nella storia mondiale, e che permise al paese di coltivare, se pure per breve tempo, ambizioni di grande potenza.
Ogni anno si tende a ricordare marginalmente questa ricorrenza che invece potrebbe ribadire la nostra unità Nazionale, e ricordare tutti coloro che volenti o nolenti sacrificarono la vita per darci una Patria libera.
L'undici novembre 1918 terminò quella che oggi ricordiamo come la grande guerra, io avendo avuto la fortuna di salvare la vita, cercai il modo di tornare a casa.
Percorsi a piedi stradine di campagna, attraversai piccoli paesi distrutti ed in grande povertà, avendo sacrificato il benessere primario per inviarlo ai figli soldati in guerra.
Non esistevano mezzi per viaggiare, molti soldati sfiniti tornavano a casa a piedi avvolti nei loro pastrani militari, affrontando fame freddo e stanchezza.
Di tanto in tanto, per recuperare le forze, mi stendevo a terra sotto un albero e accarezzavo con la mente il mio ritorno a casa dalla mia amata

Amalia, ricordando i pochi giorni vissuti insieme prima della partenza per la guerra.

Mentre vivevo questi ricordi, alzai lo sguardi sui monti, per un momento, un'ombra copri il sole, disegnando una macchia nera sul fianco delle rocce a strapiombo, un enorme uccello volava dentro il canalone, senza battere un solo colpo d'ala, maestoso e mi distolse dai miei dolci pensieri.

Da tempo contavo i giorni e le ore, infinitamente lente, che mi separavano da Amalia.

Scrutavo con attenzione ogni cresta dei monti ricordando le granate i colpi di fucile, gli attacchi, le ritirate, i compagni deceduti e distesi nella neve nella speranza, contro ogni logica, che potessi ritrovare le dolci valli e i verdi prati della mia campagna Laziale del Frusinate.

Mi mancava tutto di Amalia. La voce, le labbra, la forma elegante della testa, il suo profumo di erba secca e di fiori spontanei. Avrei voluto baciarle le spalle e il ventre, ma sulla bocca sentivo solo l'aria gelida delle montagne lasciate da poco.

La notte mi svegliavo, avvolto nel mio pastrano e stringendo il mio fucile, convinto di trovare le sue carezze, la sua risata, l'azzurro immenso dei suoi occhi quando facevamo l'amore. Sognavo il suo corpo, che Amalia sapeva come nascondermi e donarmi allo stesso tempo, la sua selvaggia dolcezza di campagnola, pensava al modo in cui piegava la testa e socchiudeva gli occhi quando mi sussurrava di amarmi. Sorrideva con timidezza per aver imparato ad essere libera nell'esprimere il suo amore nei momenti di passione.

Allora mi alzavo, e attendevo il sorgere del sole

infreddolito e avvolto nella mia coperta ancora intrisa dell'umidità della notte, pensando a lei che stava al di là della nebbia e della pioggia di quelle valli, al di là delle catene di quei monti, e rimpiangendo di non potermi trovare già tra le sue braccia.

A volte, durante le lunghe marce che mi imponevo nel giorno, mi scoprivo a guardare gli occhi seri e intimoriti dei di compagni d'armi che percorrevano la mia stessa strada, cercando di scorgere nei loro tratti qualcosa di lei.

A trecento metri di distanza, in corrispondenza di un'ansa di un fiume raccolsi alcune erbe commestibili, che Amalia chiamava porcacchie, per sanare un poco la mia fame, allungai il passo per sanare un poco anche la sete che da giorni mi accompagnava.

La stanchezza la fame e la sete mi avevano sfinito, mi distesi in un prato non lontano da un casolare e mi addormentai.

Improvvisamente sentii una carezza sul viso, pensai fosse la mano di Amalia, e mentre aprivo gli occhi, una voce dolce mi giunse alle orecchie, "fratello amico svegliati svegliati", a quelle parole vidi confusamente un viso chino su di me ed una mano che mi aiutava ad alzarmi.

Mi condusse con fatica al casolare, mi distese su un giaciglio e mi coprì lasciando che il sonno ristoratore facesse la sua parte.

Passai alcuni giorni con Antonia, mi rifocillò mi aiutò a lavarmi e ristorò il mio animo con parole dolci.

La mattina in cui decisi di riprendere il mio lungo viaggio, salutai Antonia con un caldo abbraccio ed

un bacio sul viso per ringraziarla di avermi ridato la vita.
Continuai a percorrere tratturi e campagne per raggiungere la mia amata Amalia nel Frusinate dimentico anche del dolore e delle ferite ai piedi ora sfiniti. Superata una piccola collina vidi nella Valletta, il casolare che avevo lasciato da tanto tempo e che per tornarci avevo speso tre mesi della mia vita sperduto nella vastità della nostra Patria Libera.
Affrettai il passo e arrivato a cento metri dal casale, vidi sulla porta Amalia che mi aspettava, mi riconobbe e mi corse incontro affondando il viso coperto di lacrime di gioia sulla mia spalla.

Non ho più rivisto questa persona, ne conosco il suo nome, ma la storia che mi aveva raccontato mi aveva portato lontano in un viaggio che non dimenticherò mai più.

LA MADONNELLA

Tempi in cui Roma era della gente, non c'era traffico, il battere degli zoccoli dei cavalli, il rotolio delle ruote dei carri sui sampietrini, i campanelli delle biciclette riempivano l'aria della città.

La gente come angeli accecati, riempiva le strade e il vocio dava un'aria familiare creando un salotto con i palazzi dismessi, gli intonaci caduti, le finestre aperte all'aria pulita decorate con i panni stesi ad addobbare una città laboriosa e piena di artigiani oggi spariti.

Abiti usurati e visi fiduciosi nel futuro con una Italia da rifare, con le mani piene di fatica ma di tanto amore, continuavano laboriose a operare mentre il tempo trascorre ma non passa. Sarà fatalità o fortuna l'amore riempie i cuori delle famiglie che vivono unite in un tutto da imparare e da godere armoniosamente.

In quei magici tempi, ho vissuto le mie storie, senza molto di niente, ma con tanta speranza nel cuore e ho sentito nascere i primi momenti pieni di emozioni.

I miei occhi cercavano quelli di Marisa e mano a mano, il tempo passava.

Tutti i giorni sul far della sera, percorrevo le stesse piccole vie calpestando gli stessi sampietrini accompagnato dalla melodia della città che si prepara a rientrare nella serenità familiare.

Arrivato sotto la finestra della mia amata, mi poggiavo contro il muro del palazzo di fronte e continuavo a sognare nel buio della mia mente, che volava senza fare rumore sul davanzale della sua finestra e in un mondo sempre lontanissimo,

rimanendo nascosto nei miei vestiti, invidiavo la sera che riusciva ad affacciarsi al suo interno.
La speranza di vederla aprire quei vetri che lasciava trasparire la fievole luce della stanza a dare colore ai miei sogni.
Tutte le sere ripetevo questo sogno sotto un muro senza colore, solo e avvolto nel chiarore del lampione posto sul palazzo, per tornare poi a vivere il tempo reale con l'amarezza nel cuore di non averla vista.
Una sera mi accorsi di una madonnella incassata in una nicchia del suo palazzo, i miei occhi accarezzarono la piccola statuina tutta compresa nella sua dolce espressione, sotto la debole luce ebbi l'impressione di veder cadere una lacrima dai suoi occhi.
Questo magico momento, riportò nel mio animo la realtà di tutti quei momenti passati sotto quella finestra, per vederla e per avere il suo amore che non arrivò mai.
Salutai la Madonnella e tornai sui miei passi pronto ad andarmene per l'ultima volta, portando con me la solitudine di un domani senza futuro.

PROFUMO D'ETERNITÀ

Sei la mia rosa preziosa, sei il battere del picchio sul tronco, sei il mio piccolo bacio nascosto nell'abbraccio pieno di desiderio che rende i miei pensieri baleno di tempesta. Non conosco la tua verità e forse non la conoscerò mai. Potrei soffiare sulle tue labbra le tue stesse parole che mi esaltano nel pensarti... Amami adesso, perché non salirò dove tu andrai, non siamo anime per lo stesso cielo, ma corpi per lo stesso respiro... Aspirando da te il miele dei mille fiori, troveremo la forza di continuare il nostro volo uniti.
Scrivendo insieme le ultime meravigliose parole che profumano d'eternità.

LE POESIE

VECCHIA ROMA

Il sordo rotolare delle ruote di un carro
Sui sampietrini della strada;
si allontana nella notte uggiosa;
Un'ultima serranda lancia
Nell'aria il suo stridulo rumore.
E questi suoni si fondono,
nell'armonia di colori notturni.
L'uggiosa foschia si allarga
nella via stretta e solitaria,
Gli angoli ed i muri sbrecciati
Si confondono in essa come ombre
e la città scende nel sonno freddo.
Presto una finestra rischiara
la notte, ed un'altra e un'altra ancora;
Ora s'ode il vocio sommesso
Del vivo risveglio; il rotolio
Dei carri riprende vivace,
la natura nel canto degli uccelli
lancia il suo richiamo dai tetti umidi.
Un uomo nel suo tabarro scuro,
chiuso nel silenzio dei suoi pensieri,
offre il suo primo saluto
alla notte che si dissolve.
E una donna solitaria,
S'avvia a raccoglier il tempo
del giorno che avanza.

ER MERCATO DE CAMPO DE' FIORI

Le donne, in quer tempo
in cui nun c'era molto,
Se recavano tutte ar mercato
Pe comprà da magnà e da vesti.
C'annaveno ar mattino presto
Pe sceje bene e spenne poco.
Perché dovete da sapé
Che er primo cliente è d'oro.
Se senteno li strilli dei mercanti:
"ce l'ho fresco er pesce,
guardate donne, che occhietti vispi
e come se move nun'è mica …."
"a signò, comprate er cavolo
La verza, li pommidori, er sellero,
c'ho er pisello da sgranà, le zucchine
so tutte fresche appena corte".
"comprate donne,
er pollo gnudo a 99 lire, 'n pollo intero
mica pe scherza, l'abbacchio
de Roma, viè da Velletri".
"Le perzicheeeee … venite donne
Le bricocole … sò dorci e sode….
Com'a voi signò … sete 'na bella donna
Venite ve faccio lo sconto".
E 'n mezzo a tutto stò bailamme
Le donne girano e guardano.
Cercano li prezzi più bassi
E la mejo robba.
Poi se fermano a 'n banco
Scejeno er pezzo
Che je 'nteressa, lo guardano
Lo soppesano e trattano er prezzo.

"Senti 'n po' quanto pesa stò merluzzo?"
"Trecentoventi grammi, … so centocinquanta lire
a signò, 'n pesce così ve lo sognate …
Guardate che capoccia e poi l'occhietti…."
"Mmmh! credo proprio che nun'sia fresco
C'ha le branchie smorte smorte,
no, no, nun me piace"; e fa finta
d'annassene tenenno d'occhio er pesce.
"A signò, so convinto che a casa vostra
'n pesceee … così nun c'è mai entrato …..
Ve faccio lo sconto, daje centotrenta lire … venite
qua".
E dopo tanto traccheggia er pesce viè 'ncartato.
'Ncarta cò la carta paja
Colore giallo oro e subbito dopo
Ce mette 'n fojo de giornale
Arrovecchiato 'ntorno alla mejo.
"Pe oggi er pezzo bono l'ho comprato"
Dice tra se e se la donna.
E pensanno a come lo deve cucinà
S'avvia ar banco dell'odori.
Li verdurari sò tanti e tutti c'hanno
Er mejo der mejo, a sentì loro.
Sceje er prezzemmolo, la rughetta
e na cappuccina che sembra 'n fiore.
Chiede er prezzo e quanno quello
Je risponne "a signò sò 35 lire …"
"Ma che ve sete ammattito, io co trentacinque lire
Ce magno na settimana".
"A signò, co trentacinque lire
Nun ce pijate manco la circolare".
Com'ar solito la signora fa finta d'annassene
E puntualmente arriva l'offerta de ribbasso
"Vabbè famo trantadù lire

ma nu lo dite a gnisuno
sinnò divento povero".
Incarta e porta a casa.
Pe oggi ar mercato
Tutto finisce, se ripongono
L'avanzi, se pulischeno li carri,
se smontano li banchetti.
Tutto se porta via da la piazza
pronti per giorno dopo, ma che dico,
pe aricomincià er teatro stanotte co la guazza.
E ariveno li scopini cor carretto e la ramazza.

LA CREAZIONE DER MONNO

Questo momento der monno
Fu er più grande evento,
La luce s'accese d'improvviso laggiù 'n fonno
con forte sibilo e turbinio de vento.

Er Signore fiatò sur fango scuro
Formato da terra e d'acqua pura
E disse "sorgi fijo der monno 'ntero",
E l'omo co 'no sforzo, s'arzò da tera.

L'animali vivevano in amicizia,
Le piante profumavano l'aria 'ntera,
er sole splendeva alto con letizia,
E lui nudo nun sentiva freddo in quella bufera.

Come uscenno da un gran sogno,
Se guardò attorno con'aria altera,
Vide tutto questo e fece un gran mugugno,
Come s'er paradiso nun fosse cosa vera.

Allora la voce der Padre da sopra
Disse " che tu sia benedetto fijo caro,
godi tutto questo e so felice che tu lo scopra",
Ma quello nun rispose e s'annò a cercà 'n riparo.

Dopo d'avè girato 'n quer posto strano
Tornò serio ar posto del'incontro,
pe lamentasse, con ragione, de quell'arcano
E pe avecce con Lui un bel riscontro.

Je disse "t'aringrazio de tutto questo,
Ma vedi, tutti c'hanno quarcuno pe compagno

Io giro solo, guardo, tocco assaggio e non m'arresto
Mentre pur'io de quarcuno c'ho bisogno.

Er Signore che capisce le sue esigenze,
S'accorge dello sbajo e l'addormenta.
E allora pe appiana ste divergenze,
'na costola 'je leva con mossa fraudolenta.

Lo guarda, lo modella, lo aggiusta
Da na parte leva, da na parte mette
E con gran piacere, na cosa nova 'j'accosta
Solo pe accontentà st'ammazzasette.

Poi quanno er satanasso se risveja
Se guarda 'ntorno e vede nantro,
Contento s'avvicina e già da capofamija
Lo scruta, è diverso, ma c'ha l'occhio scaltro.

E poi je fa, "e tu chi sei?"
Nu jel'avesse mai chiesto
Lei cominciò a parlà senza fermasse
Proprio pe daje quello che aveva chiesto.

Er padre vide l'omo esterefatto,
ma lieto de sentisse insieme a n'antro.
Allora je raccomannò, "tutto questo ve appartiene
Ma er melo è mio, se nun volete fa un disastro".

Peccato je rispose il figlio bello
Stringendosi al core suo fratello,
ma nella notte al freddo per ombrello
Me sarebbe piaciuto proprio quello.

LA MELODIA DELL'AUTUNNO

Cammino distratto nel nostro viale,
Gli alberi perdono silenziosi le loro foglie,
Una foglia scivola nel suo breve volo
E mi sfiora dolcemente il volto.
Torno alla realtà e guardo
Il paradiso spoglio che mi circonda,
Ancora qualche macchia di giallo
Di rosso di marrone del verde e argento dei pioppi
Intonano dolci melodie del tempo trascorso.
Il viale si addormenta,
In me risuonano dolci le parole che mi sussurri,
Il tuo profumo mi circonda,
Profumo di lavanda e di mirto.
Bacca dalle mille storie legate all'amore.
Un tempo ormai trascorso esso
Simboleggiava la fedeltà e l'amore,
Come acqua degli angeli.
Tu lo indossi come abito prezioso,
La tua anima lo vive e lo dona
All'aria che mi circonda.
Paride porse il pomo a Venere
La più bella, e la dea legò
Questa pianta all'amore.
Cammino nelle pozze dell'acquazzone
E il profumo di terra bagnata
L'aria pulita e frizzantina,
Il cielo terzo e pieno della tua immagine,
Portano nel mio animo il piacere
Di vivere con te l'autunno che avanza
Come canto di una poesia.

LA NOTTE E LA REALTÀ

Ora, nel miracolo della notte,
gli occhi si chiudono
e donano riposo
alle membra stanche.
La mia vita rivive
in un'altra realtà.
Cambio aspetto e vivo
la mia vita vera:
altre strade,
Altri luoghi,
canti di gioia,
volti nuovi e spensierati,
dolci abbracci
amici senza rancore,
senza arroganza,
senza superbia.
Poi, all'alba,
il triste risveglio,
un tintinnio lieve
supera le barriere del tempo
e dello spazio,
mi raggiunge nella mia dolce vita.
Tutto torna alla normalità di sempre
mi alzo, mi vesto
degli inutili panni della nuova scena
e nella maestosità
Di un giorno che nasce,
una notte nel silenzio … muore.

BALLO PER UN SOGNO

Suona la nostra musica
E come dolce melodia
Incanta i nostri cuori.
Balliamo, stretti in un abbraccio
E leggeri voliamo sulle sue note.
Da tempo non uniamo
I nostri passi sulle chiose
Di questa armonia.
Ti abbraccio come tanto tempo fa,
e mi unisco al frusciare
del tuo abito da sera,
così bella come non ti ho vista mai.
Sei grande quando dici
Che mi vuoi così, incosciente sognatore.
Balliamo ancora, questo pezzo
è scritto per noi due,
per una storia che somiglia al nostro amore.
Balliamo, e saprò convincerti che t'amo.

FIORI D'AMORE

Affondo i miei occhi nei tuoi
Come attingessi in anfore di nettare,
Del quale nutro il mio infinito amore.
Cammino nei sentieri della vita
Che animano in me il desiderio
Di sentirti, di abbracciarti,
Di respirare il tuo profumo di gigli.
Sento il vibrare dell'amore
Nel più profondo del mio cuore.
Nella purezza che nasce dalla tua anima,
Bagno la mia esistenza che vive di te.
Il giardino delle primule si apre
Al nostro vivere coperto da rugiada;
I nostri passi sicuri sfiorano i colori
Del tempo con tracce di porpora e mirra.
In questo vivere sento l'ansia del desiderio,
Lo stringerti a me libera dai miei occhi
Gocce di rugiada purissima.
Mentre nel cielo il vento ci solleva
Nell'infinito mondo dell'amore più vero.
Ti dono mia stella, una primula blu della notte
Che in essa si confonde con il mio immenso amore.

FILO DI FUMO

Disteso sul divano
Guardo la finestra è uno sfondo azzurro
Pieno di stelle luminose,
che accoglie il mio animo
e i cuori di mille innamorati.
Il fumo della sigaretta
Corona lo spettacolo infinito.
Lo sguardo vola alto tra quei punti,
in cerca di risposte al vuoto
dell'animo solitario, le pagine del libro
volano seguendo il muoversi dell'aria.
Voli di rondini allegre riempiono
L'aria e si rincorrono sparendo nel nulla.
Nell'infinito vola il pensiero vuoto
E la sua orma non è che un filo di fumo.

LA LUCE DEL TRAMONTO

Il sole si nasconde all'orizzonte,
osservo i suoi colori sulle onde
una lama di fuoco mi sfiora,
il mio animo sale sul ponte di luce,
per raggiungere in un ultimo abbraccio,
quella sorgente di fuoco.
La stringo, l'abbraccio
E con esso mi lascio trasportare
Nell'infinità dell'universo.
La sua leggiadra bellezza mi confonde,
mi anima, mi dona amore,
questa signora che con il tramonto
accarezza i cuori,
li lascia ardere con lei
nello spegnarsi del giorno.
Ora l'aspetto, la desidero, l'amo
In attesa del suo risplendere
Nel prossimo tramonto.

LODE ALL'UOMO

Fui il primo a essere creato,
Dio mi fece uomo,
Gli occhi acuti e osservatori,
Le orecchie grandi per sentire la natura,
Il naso adatto a cercare la preda,
La mascella forte per modellare,
Le braccia possenti per il lavoro,
Le gambe vigorose per non stancarmi,
Il torace robusto per poter lottare.
Fece di me il suo paladino,
Mi trasformo nella forma perfetta
Per dominare la natura.
Mi fornì il simbolo
E la possibilità di dare la vita.
Mi donò un cuore grande
Per poter amare,
Mi dotò dell'intelletto per guidare
L'evoluzione del mondo.
Mi provvide del coraggio
Per difendere i miei compagni,
Mi rese impavido davanti al pericolo.
Infuse in me il calore che riscalda
Che da sicurezza.
Donò al mio petto il vigore
Per domare la natura.
Mi fornì delle idee e la fermezza del decidere.
Prese da me una parte del mio essere
L'essenza di me stesso,
E la infuse nella donna.
Ci modellò perché uniti fossimo
L'essere perfetto e completo.
Io afferro ogni giorno il mio fardello

E m'incammino tracciando
Nel mondo la via che credo
Sicura, rompendo i ghiacci
Che intendono fermare questa vita
Formata dall'amore e dall'unione
Dei due sessi.

ER CORE

Er core batte,
s'aricorda der tempo trascorso
carezze, sorrisi,
abbracci senza rimorso,
momenti de passione
nottate passate a balzellone.
Na cofana de baci
T'ennammora
E presto er sogno tuo
Se aristora.
Sto core adesso
Batte forte
E voto come na coccia de fusaja
Se secca ar sole
E s'aricorda quann'era
Alegro e pieno de parole.
Ma adesso vive cormo de veleno,
ce lo sa solo
chi vive triste come'n cenciaiolo.

LA SPLENDIDA SERA

Guarda le stelle
brillano serene
Nel buio della notte.
Le ultime foglie
Cadono dalle piante dormienti.
I chiassosi stormi
Ornano il cielo
Di figure mai uguali.
Lo sciabordio del mare,
Accompagna il silenzio della notte.
I raggi dell'argentea luna
Scivolano sull'acqua
Illuminando le sue piccole onde.
Lo sguardo afferra
Lo spettacolo infinito
E lo stampa nel cuore.
Le pennellate del mare,
Coperto dal cielo trapunto
Di stelle luminose,
Animano il quadro
Di una vita trascorsa.
Lo spettacolo si rinnova
Ogni sera, con colori
E pennellate diverse,
Sulla tela della natura dormiente.

SONO

Sono il sole che ti scalda
Sono la luna che illumina i tuoi occhi
Sono il vento che sparge il tuo profumo nell'aria
Sono il mare melodia dei tuoi giorni
Sono il mondo che accoglie i tuoi passi
Sono i prati che formano il tuo tappeto
Sono i fiori che colorano le tue giornate
Sono il ruscello d'acqua Chiara che ti disseta
Sono il sonno che accoglie i tuoi pensieri
Sono al tuo fianco nel percorso della vita
Sono la tua forza per affrontare le difficoltà
Sono la cura per le tue malattie
Sono l'orecchio teso che ascolta i tuoi problemi
Sono la mano che asciughera' le tue lacrime
Sono qui per farti sorridere e gioire
Sono l'amore che ti accompagnera'
Nei giorni di questa vita.

MAGIA DELLA PIOGGIA

Il tempo cambia,
alterna il sole con la pioggia,
Ti proteggerai chiusa nei tuoi pensieri
Avvolta nel bozzolo di seta
Del tuo triste vivere,
senza più sentire il mio richiamo.
Le lacrime del cielo
Scioglieranno il fango delle tue mani
Che scaccerà tutte le tue paure.
Nel suo scrosciare ci saranno
Tutti i momenti della tua vita,
i baci, le carezze, le calde lenzuola,
gli abbracci degli amanti,
i baci che non ho potuto darti,
ci troverai anche il suono
della mia voce
che ti sussurrerà, ti amo,
e nel magico sognare
avrai bisogno di me.

IL TUO ULTIMO PENSIERO

Quando andrò via,
non ti resterà di me
Nemmeno un'immagine.
Sparirò come la notte
Al fiorir dell'alba,
Le tue carezze resteranno al vento
Come un filo di fumo
Che si dirada nell'aria
e di lui ti resterà solo il ricordo.
Io come un rivolo d'acqua
Scorrerò via per sempre,
E del suo passare ti resterà
Solo il fievole fruscio.
Quello scorrere ti riporterà
Il ricordo di quando mi chiamavi,
E il suo perdersi lontano.
Sulle tue labbra sentirai ancora
Il sapore delle mie
E l'ultimo rifiuto sofferto in un attimo.
Quando sarò lontano, vedrai
Solo una confusa ombra,
Fuggire dai tuoi reconditi pensieri!

IL MORMORIO DEL CUORE

Quel sordo mormorio che scuote il cuore mio,
è come il ruscellar del la sorgente il rio.
Le rive e i massi ne portano il segno
Lasciando lucidi e festoso il suo disegno.
Difficile è passare oltre,
fintanto che felice non trova amore.
Gli alberi sulle sponde si inchinano al suo passare,
fino a baciarne piano l'onde chiare.
E' quel tenero mormorio
Che genera nell'animo un formicolio,
porta dolore e tristezza
piegando il corpo alla tua bellezza.

ER BOCCONE DEL RE

Tu nun sai quanto è gaio
Chi va presto dal fornaio,
ecco chiede con gran forza
"Damme 'n' etto de mortazza.
E pe' completa' er boccone,
Prende pure 'n po' de pane.
Nun ce manca quasi gnente
Ma si ce penza, e poi nun mente.
A quer piacere sopraffino
Ce manca solo 'n bicchier de vino.
S'avvia lesto dar vinaio
E dopo quarche buon assaggio
Se provvede, dentro ar coccio
'n po' de vino casereccio.
Torna infine alla magione
E con grande profusione
Mischia pane e mortadella,
E mentre arrota la mascella,
Mesce er vino ner bicchiere
E comincia tosto a bere.
Nella gioia de quer momento
Jie se bagna allora er mento,
magna, beve e gode assai
come fanno tutti i bongustai.

L'EMIGRANTE

Il vestito sempre più corto e lacero
I piedi nudi e arrossati dal gelo
Il desiderio di un pasto che non lascia sazi
La casa spoglia che non offre conforto.
I giorni trascorrono tristi
Alla ricerca di un misero lavoro
Che porti pane e calore per loro.
I sogni corrono a giorni migliori,
Al calore che scalda due cuori.
Quando a sera, sul pagliericcio
I due corpi uniti in un abbraccio,
È l'amore quello sicuro
Che vince il freddo e l'assenza di futuro.
Al buio parlano della terranova,
Del benessere e di una vita nuova.
Si cercano, e negli occhi privi di lacrime,
C'è una decisione convinta e muta,
Piena di dolore e d'incertezza.
Emigrare, lasciare il calore e l'affetto
Del suo coraggioso angioletto
Che resterà per vivere
La miseria la solitudine e il dovere.
Il giorno della partenza arriva
Come una sentenza senza appello.
Il giovane si avvia con il suo fardello,
Lungo la strada sterrata, portando con sè
I resti dell'ultimo povero pasto.
Gli occhi di lei accompagnano il suo amato,
Senza la forza di chiudersi al tempo che passa,
Troppo importante è la figura che si allontana.
Nel freddo e nel silenzio del quel paesaggio.
In lei nasce la speranza di rivederlo un giorno,

Ma anche una nuova vita in lei si forma,
E con infinita saggezza
Non confida al suo uomo la notizia,
Per dargli in quel momento, forse senza ritorno,
Coraggio e forza per un lontano giorno.

ER SERVO DE ROMA

Poiché so servo de Roma;
nun so adoratore delle notti,
e come messaggero del Sole,
prenderò da lui la forza e la parola .
E poi verrò da voi, compagni de viaggi
e lancerò su tutti i suoi raggi,
brillerò sur colosseo, l'arco de Tito, de Costantino,
sulla colonna de Traiano,
e su tutti li palazzi belli e brutti.
Volerò come un fanello
Su tutta sta città che c'offre de tutto er bello.
L'abbitanti esciranno da le case
E se godranno insieme sto spettacolo
che nel silenzio tace,
e dona com'a 'n pittore
li colori più belli e più radiosi.
Parlerò parole de dorcezza,
saranno pari allo sfiorare de na carezza.
E mentre che t'assapori tutto questo,
er sole piano piano s'è niscosto.
Tutto torna alla notte,
e siccome io so servo de Roma
e messaggero der sole,
nasconno con un velo tutto er bello
e poi torno a fiori su sta città com'un fanello.

SAPORE DI MOSTO

E' delizioso, nel tranquillo
Abbandonarsi al riposo,
ascoltare il canto dell'amore.
Corro sulla riva del mare
E rincorro l'incresparsi
Di una piccola onda
Come il tuo tepore
Increspa il mio sangue.
Sfioro le tue mani
E nella notte
Entro in quei pensieri
Generati dal tuo cuore.
Ti nascondi alla mia bocca
Dal sapore aspro del mosto,
e le tue mani bianche
si inebriano sul mio petto,
Come solo tu donna libera
Da ogni riserbo, ti lasci prendere
Tra le braccia
come le rime di una poesia.
Mi manchi da sempre
e da sempre m'appartieni,
Io sono il tuo cinguettio del mattino,
e tu sei la mia rugiada fresca della sera.
Ora nuvola di miele
Apriti ai miei doni d'amore
Affinché possa assaporare il tuo frutto
Sul contorno delle tue labbra.

ANIME NEL SOGNO

Così come un faticoso respiro dell'animo,
un bisogno di fede,
un profondo piacere,
una gioia che vivo e dimentico,
un sogno nella notte serena,
che in un attimo appena,
il giorno cancella.
Inarrivabile immagine
che si eclissa nel tempo,
della mia solitudine,
così io invano ti cerco.
E l'animo, stanco e smarrito,
vaga tra le ombre confuse.
Nel silenzio più dolce e assoluto,
nel sentire l'amore profondo,
senza altre parole,
tra due anime unite nel sogno.

VIAGGIO INCREDIBILE

INTRODUZIONE

Quando d'un fiore Il leggiadro profum mi colse,
Due passi in quel bosco io facevo,
E del sonno ristorator l'abbraccio m'accolse.

Tornai nella mia valle in quel momento,
E il ricordo d'un tempo allor ripresi,
Ma in essa trovai gran cambiamento.

Avvinto che fui da quel bel ricordo,
I luoghi amati mi tornaron vivi,
E con quello scempio io fui in disaccordo.

All'arrivo incontrai il grande istitutore.
Gli occhi ad esso fissi col pensier io chiesi,
Senza saper se fu per esso o per amore:

"Cos'è di questo luogo che un di m'accolse?".
Egli a me, nella candida veste avvolto,
"Il tempo trascorso qui la dolce pace tolse".

PRIMO CANTO

Poi presomi per mano il condottiero,
mi guido per quei luoghi a me già noti,
El passo mio incerto posi su quel sentiero.

Da lontano, nel silenzio, ed incessante
un lieve odor di fumo m'arrivò
di legna arsa in un fuoco ardente.

Le nari aspiraron con piacere,
l'odor di muschio, di ciliegio e miele
aprendo ricordi noti al mio sapere.

Ripetea di continuo quel movimento,
Canuto, curvo e con l'ascia in mano,
Di tagliar legna sempre in quel momento.

Il grande avo mi guidò a lui d'appresso,
E meravigliato di quel volto scarno chiesi,
Con l'animo sorpreso e un po' depresso:

"Che fai, tu che un di fosti fattore
Onorato temuto e rispettato,
E di varie greggi terreno curatore?".

Posando l'attrezzo a terra a lui vicino,
Eresse la schiena legnosa e curva
E volse a me lo sguardo suo assassino.

"Tu che torni qui, dopo si gran tempo,
In questi luoghi tristi, saper devi,
Gravi fatti accaddero che ancor m'avvampo.

Quando il tempo mio si volgea
All'età tarda, lo frate mio Domenco,
Belle storie d'amor egli vivea.

Ma poi senza paura ne tema alcuna,
Tolsemi il possesso della terra,
Privandomi del tutto della mia fortuna.

Relegommi in forza in una stalla e lavorai
In lavori duri, pesanti e amari,
Tant'io pel gran dolor mi ribellai.

Tosto con quest'ascia io l'ho ucciso
E ancora oggi lo colpisco ancora,
Che del sangue suo il taglio è ancora intriso.

Colpisco il duro legno e lo riduco
Come fè con lui, in pezzi,
E senza posa alla morte lo conduco".

Tosto adirato smise di parlare
E afferrata la scure, curvò le spalle
E senza fine riprese a lavorare.

Io tremante e scosso a quel parlare,
Vidi quella pelle cotta dal sole e senza vita,
E tristo ricomincia a camminare.

Indi pieno d'angoscia all'avo chiesi,
"Perché quell'uom ch'io ricordo
Parlava con quei toni tristi e accesi?".

Egli mi rispose "che si vita fece,
nel male e nel terror con mano ferma".

E con poche parol mi soddisfece.

SECONDO CANTO

Indicatomi del passo a noi dinanzi,
Sull'omero la sua mano posemi
E con forza ei mi spinse innanzi.

La voglia mia ansiosa di sapere,
Malgrado il dolore che io provavo,
mi spinse deciso nel mio andare.

Arrivati che fummo di quel colle al piede
Si pararo dinanzi a noi fetide,
Le fauci immense di quel ganimede.

Il timore di varcar quell'antro nel cor m'avvinse
E allor nel buio lo sguardo incerto spinsi,
Sorretto dal grande avo, che lesto mi costrinse,

E nel nero antro mi portò tremante,
Che persa la forte luce del giorno
Chiusi gli occhi a quel buio irritante.

M'accorsi allor delle tante figure strane
Saper volevan perché io lì fossi,
E a me d'attorno si facean profane.

Alcuni volti emaciati erano a me già noti,
e nella mente rivedeo le facce
Ma altri per l'età passata erano men certi.

M' avvicinai e di quei laceri e contusi,
pieno d'ardore di lor cercai notizie,
ormai da sempre morti e li rinchiusi.

Dalla folta schiera a me d'appresso,
più alta dalla vita vi era un'ombra,
Seria, triste e d'aspetto assai dimesso.

La sua voce tremante mi profferse,
Parole amare d'un ricordo osceno,
E nel dolor profondamente immerse.

"Un di bella ma sola e con la conca
A prendere l'acqua lieta me ne andavo,
Col sol del giorno in viso anche se stanca.

Il piede nudo percorrea il tratturo
Senza avvertir d'ogni sasso il duolo,
E san tema d'incontrar quel losco figuro.

Nel cor mio e sulle labbra un'allegra
Canzon m'accompagnava,
quando tra gli alberi in zona negra,

Mi sbrarrò il cammino Astolfo il solitario,
Violento, satiro e ubriacon vizioso
E del sesso estremo amante abitudinario.

Si avvicinò e con lo sguardo cupo mi spogliava,
Trascinommi in luogo lontano ed appartato
E i miei indumenti tutti allor ei m'abbassava.

Il suo lordo agire oltre ad offendere
Il corpo mio giovane e indifeso,
Lo violentò più volte e insistè nel ridere".

Detto questo cadde, dal male suo colpita,
In mezzo a quella torma urlante,

Come oggetto molle e senza vita.

Parole si dure e forti mi colpirò,
Rendendo eterno un istante intero,
Senza darmi la forza di un respiro.

Mi guardai intorno e più non vidi
Quelle forme strane a me d'appresso,
ma nella terra molle corpi e afidi.

Spinto per quel che il saggio volle,
Su di un tappeto di teste li disposto,
Posi ancora il piede su quelle bolle.

Mi precedette allora l'avo mio,
e attraversato il passo stretto e torto,
Nella grotta nuova mi pose vivo.

TERZO CANTO

Dinanzi a me latrava polinero dai denti torti,
Le fauci ringhianti e pien di bava,
Che non facea passar esser non morti.

Allora l'avo innanzi a me fe cenno e disse,
Ch'io pel suo volere sano v'entrassi,
E questi calmo e quieto allor si ritrasse.

Con passo incerto accanto a lui passai
E del fetore suo tutto fui pregno
Tanto che la testa svelto nel manto abbassai.

Sopra d'un gran legno antico mi trovai
Con scalmi e remi lunghi per remare
Lo sguardo allora intorno volsi ed osservai.

Arrivaro, spinti da gran foga
Di poveri ignudi e feriti assai,
Una gran folla coperti da una toga.

Sferzati dalla voce altisonante
Ruggente, amara e forte
Di chi controlla tutta quella gente.

Quel gran legno allor presto si mosse
E a traversar il mare allor si mise,
Con la forza di quelle genti ripercosse.

Fra rumor di catene e stridor di denti,
Nello sforzo immane ch'ei faceva,
Feriti e luridi che imprecava ardenti.

Uno di questi, il più disperato,
Salzò dal posto suo incatenato
Battendo le mani forte sul costato.

E tra urla, pianto, e parole strane
Rivolto a me sputò il suo rancore
Per esser in eterno lì tra pene disumane.

Riconobbi di sotto tutto quel lerciume
Esser 'na donna disperata e vana,
Che tentava di comporre il suo costume.

"Quand'io d'amor concepii quel feto,
affrontai con ansia ogni disagio
nel ricordo di quel momento nel castagneto.

Circondata da maligne voci e senza amore
Nella sofferenza e nelle difficoltà,
Decisi con dolore di privarmi di quel fiore.

Ferii nel ventre mio la creatura,
soffrendo mille pene nel mio core,
Ch'allor nel sangue vide la natura.

Priva di forze e con la rabbia in petto,
In un panno la figlioletta avvolsi,
E con essa mi gettai giù da un tetto.

In una vita eterna triste e sconsolata,
La forza mi portò a viver sola,
Che per la gente ucciso avea la mia adorata".

Contro tutti urlando ed imprecando,
Tornò rabbiosa allo scalmo suo,

Con l'unghie forti il petto suo squarciando.

Rimasi triste e ferito su di me piegato,
Per la morte della bimba e della madre,
Un ferro nel mio core allor fu piantato.

E quando il pianto mio si fè presente,
La mano portai sul viso rassegnato,
A coprir quel gemito forte ed invadente.

QUARTO CANTO

Arrivati che fummo in quella terra ostile,
Il vento con gran forza ivi soffiava,
Tanto ch'el piede allor piegammo infine.

Quand'ecco che nell'air come foglie morte,
A liberarsi invan di quella forza,
Furon portate a noi persone assorte.

Ogniun per se soltanto s'adoprava,
agitavan le braccia nell'aria forte e tesa,
mentre due senza posa si abbracciava.

Chieser aiuto, e teso tosto il braccio
Arrivati che furon a noi d'appresso,
della veste mia preser'un legaccio.

Così disser " Eravan giovin e belli,
il giorno ci vedeva spesso insieme,
amici di famiglia e con fratelli.

Il tempo ci condusse un po' per mano,
nella nostra storia di passione ardente,
E col tempo ci accorgemmo che ci amavamo.

L'amore nostro fu sempre contrastato,
vissuto di nascosto e controllato,
Dal marito mio ombroso e poco amato.

Di notte al buio ed in ogn'occasione,
I nostri corpi uniti nell'amore,
Si trovan animati da gran passione.

Nascosti del mio sposo al tristo sguardo,
Ci amavamo con gl'occhi da lontano,
E lui della vendetta sua fece stendardo.

Un giorno ritornando a casa presto,
silenzioso salì nel nostro nido,
E ci colse in quell'amore a lui nascosto.

E preso lestamente uno stiletto,
Sferrò quel colpo allor si maledetto,
Che uccise noi due uniti nel suo letto.

Or siam qui uniti per sempre nell'amore,
Sferzati ogn'or dal vento, e con gran dolo
Da questo stiletto infisso dentro al core".

In me forte il dolore mi sorprese,
portando il mio pensier lontano assai,
Vedendo quell'amore dolce e cortese.

Per restar uniti e fermi in quell'afflato,
Un passo feci per dar loro mano,
nel momento dolce dal loro amor creato.

QUINTO CANTO

Superato quel loco che noi avremo,
E spostandoci nell'aer con il vento,
Con ansia pregai l'avo mio supremo.

Di lenir nell'animo mio le pene,
Per poter infine continuar quel viaggio,
Ed egli mi fè allor passar il Laodicene,

Dalla grossa bocca che sprofonda.
Nascosi il capo mio sotto 'l suo manto,
Così non vidi più ch'in lei s'offonda.

Ma quando tornai a vedere il mondo,
una cosa m'apparve mio malgrado,
della casa che frequentavo da errabondo.

D'essa restava un rudere in un bosco
buio, freddo sporco e senza sole,
C'ora tristo più non riconosco.

Da essa una figura piccola e indifesa
Raggomitolata stava sotto un tronco,
Sporca nel suo animo e assai offesa.

Tentai d'avvicinarmi per parlare,
ma impossibile mi fu avanzar d'un passo,
El grande avo m'avverti per iniziare.

"Grande maleficio t'impedisce ogni mossa,
perch'essa preda fu del male altrui,
Che nella vita sua fu assai percossa".

Allor rivolsi a lei il mio parlar d'amore
Pensando che l'amor vince ogni cosa,
e di quel sentimento ch'allieta sempre il core.

"Dimmi dolce creatura sola e tremante,
Nel cuore mio alberga solo amore,
E la dolcezza dei tuoi occhi è inebriante".

Niun cambiamento arrivò alfine,
ed io continuai col mio parlare,
Che solo per amore io era incline.

"Tu bella come rosa lascia ch'io d'amore
Ti parli ancora, e che le mani mie
A te offran felicità dal core mediatore".

Sentito questo e sciolta dal suo incanto,
cercando ogni cespuglio a protezione,
Usci dal quel rifugio con un gran pianto.

Venne verso me senza esitare,
Però giunta che fu un po' distante,
Intimorita si fermò a pensare.

E allora si accasciò sulle ginocchia,
Io presi così un fior verde e vermiglio,
E per porgerlo allungai le braccia.

La dolce mano mi sfiorò tremante
E soffermandosi a quel contatto,
Mi guardò con gli occhi suoi incoraggiante.

"A te che mi portasti amore vero,
Ora la storia mia presto racconto,

Tu che venisti fin quaggiù puro e sincero.

Ero da poco più che una bambina,
quando tre uomini segnati in volto
brutti, violenti e con aria aguzzina;

Mi rapiron al calor della mia casa,
ov'io vivevo libera e felice,
interamente da grande amor pervasa.

Di notte mi portaro in luogo oscuro
E in una grotta si misero a scavare,
Il posto era in un canneto per lor sicuro.

Portaron seco loro una gran cassa,
ricolma di gioielli, oro e monete,
E di corda buona una gran matassa.

Deposta poi che l'ebbero in quella buca,
cominciarono a cantar canzoni oscene,
Pregando il male d'esser a lei buon duca.

A sigillo del malo patto or ora fatto,
Per quel tesor che niun dovea toccare,
Con violenza il petto mio fu aperto.

E'l sangue sopra al tesoro presto fu sparso,
Senza tener conto del gesto infame,
E dello spirto mio che lì era comparso.

Quando la vita mi lascio con lor gran gioia,
mi deposero su quella cassa maledetta,
Coperta di terra sconsacrata sott'una stuoia.

Mentre Cantilenavan ancor quella ballata,
In quel momento si sguarciaro i cieli,
Da fulmini e saette la notte fu illuminata.

Da vento forte allor molto sferzata,
Di pioggia venne giù una gran mole,
E a quel posto io in eterno fui legata.

Quando questo fu tutto ormai compiuto,
Posaro su di me quel tronco strano,
Che tu ora vedi lì con tuo gran rifiuto.

Lì io rimasi per tutto questo tempo,
A guardia del tesoro maledetto,
In attesa di un'amore grande da olimpo.

Allor quando ripetendo il rituale,
Qualcuno non m'avesse liberata,
Da quel posto freddo buio ed infernale.

Tu hai ora sciolto questo voto disgraziato,
Con sentimento in core vero e forte,
Che dell'amore puro m'avea privato".

Dopo che amore nel mio cuore scese,
E le lacrime bagnaron la sua mano,
In una gran luce da me congedo prese.

Sollevossi in alto e con un sorriso,
Bella era, serena, dolce e luminosa
Allor lanciò a me un fiordaliso.

Col cuore colmo d'amore celestiale,
provai nel profondo una gran gioia,

d'aver donato a lei pace filiale.

Chiesi allor perché tanto male fu fatto,
Ed egli a me rivolto senza timore
Rispose triste "nell'uom un di fu scritto

Che viver dovea d'amor e di rispetto ,
ma nel cuor suo albergava solo il male,
Ed ei seppe usar questo in modo abietto.

Or dunque tu che impari e conosci il mondo
Liberati presto d'ogni tua facondia,
E parla per proceder dell'amor tuo giocondo".

SESTO CANTO

E così detto, egli affretto il passo ora lento,
Allora io in quell'aria nera e di bruma densa,
Al candor del manto suo feci riferimento.

Dietro ad esso sentii con mio terrore,
Poich'emmo camminato per un bel tratto,
Della lurida bestia il gran fetore.

L'avo allor con forza mi difese,
E preso di terra manciate assai,
Le mise in quelle bocche ver noi protese.

Ond'io in fretta in quei momenti,
Senza tema alcuna e al sicuro,
Potei passare oltre senza tormenti.

Di quella valle che parea tranquilla,
D'intorno s'irradiava un gran calore
E m'accorsi che da terra venia scintilla.

Un guardiano peloso e brutto in volto,
Con foga rimestando col bastone,
Urlando provvedea a tuffar tutto.

Guidato in quella strada tortuosa,
Vedevo di quei corpi in mezzo al foco,
La faccia scarna, sofferente e luttuosa.

Ma d'essi mi colpì il volto di Aquilante,
del quale riportavo un bel ricordo,
Maestro di scuola e di bimbi amante.

Egli rimase allor sopra la lava,
Senza che del guardiano attirasse l'occhio,
E 'l baston mortale colpirlo non osava.

Mi disse "ero insegnante allora in un casale",
Con voce lamentosa e strida assai,
"E nessuno di me osava parlar male.

Di questo mio poter forte e nascosto,
Col tempo imparai ad aver conto,
E a tutti senza tema venia imposto.

Aveo piacer a star con quei fanciulli,
Insegnando lor le lettere e la storia,
Riuscendo ad usarli per i miei trastulli.

Accarezzai di un bimbo il corpicino,
E di piacer si forte allor mi colse,
Ponendo le mani mie sul suo pancino.

Presto di quel gioco feci usanza,
Ed ogni giorno con lor provavo piacere,
A giocar sempre più in quella stanza.

Quel maledetto gioco tanto m'avvinse,
Che co'l tempo a lor usai violenza,
E a quei corpi sempre più mi strinse.

Nessuno si protese a reclamare,
Dei genitori lor silenziosi e buoni,
Per vergonga di tutto e per amore.

Ma quando poi mi giunse il conto estremo,
l'ultimo giorno di me stesso in terra,

Di quelle colpe quì noi ci dorremo.

Io lavo ora nel fuoco la mia colpa,
Senza poter uscir da questo loco,
Che fu il piacere mio d'una vita stolta".

Sentito allor quell'ultime parole,
Vidi il baston mortal colpirlo ancora,
E rimescolarlo forte perché colpevole.

Mi volsi serio verso l'avo mio silente,
e nascosi il volto offeso nella mente,
Sulla spalla sua dolcemente aulente.

D'un albero all'ombrosa fronda,
ponemmo a riposar li corpi nostri
Vicino ad un ruscello sulla fresca sponda.

SETTIMO CANTO

Allor lo vate mio a me rivolto,
"Quando di qui noi saremo andati,
d'un rivo nero impetuoso e torto;

Ponendo il piede su scogli si pericolosi,
Passeremo l'acque scure e limacciose,
Che d'improvviso diventano insidiosi.

Per questo val la pena incatenarli,
Con magiche parole e litanie,
Per non rotolar con loro nelle valli".

Così detto noi ci alzammo adagio,
E costeggiando il tratturo del dolce rivo,
notai con mia sorpresa e gran disagio,

che l'acque sue scorrevan molto insicure,
senza esser più chiare e assai tranquille,
diventando tumultuose e molto e scure.

Arrivati che fummo al guado maledetto,
Per gli scogli lucidi, insidiosi e scuri
M'accorsi allor di quel ch'ei mavea detto.

Ordunque in un momento uno si staccava,
Di qiei scogli solidi e sicuri,
E al posto suo di colpo un'altro si formava.

Il grande avo si fermò sul posto,
E prese a recitar parole strane,
A busto eretto e braccia verso l'alto,.

"ave ranuncum tuum tumultuoso,
In nostro intento di passar desiosi,
L'acque di questo rivo assai furioso,

Porremo il piede nostro sulle tue pietre,
Ed esse veritate non farann movenza,
Fintanto che noi sani non saremo oltre".

E m'invitò a salire presto su quei massi,
Che saldi al posto lor rimaser tutti,
Ad evitar che io lì m'annegassi.

Arrivati che fummo poi sull'altra riva,
Lo sguardo mio si volse un pò tremante
A rimirar lì dove non c'è persona viva.

Vedevo gente scarna e con il corpo ignudo,
Dall'amor animato in quel momento,
Di veder in quel luogo quella moltitudo.

Al centro un lungo tavolo imbandito
Cibo d'ogni qualità, gusto e profumo
Esposto in quantità era elargito.

C'avvicinammo quindi a questo desco,
E vedemmo, con nostro gran dolore,
Mani scheletriche e sguardo inver ladresco.

A quei piatti posti li in bella mostra,
Avvicinarsi ansiose senza mai arrivare,
Girando sempre in tondo com'a una giostra.

Quand'ecco che da quel gruppo,
con aria adirata e con gran gigno,

Offeso nel corpo da una gamba zoppo.

A noi s'avvicino Norberto di Pollensa,
Ricco signor d'un tempo di quelle terre,
E desioso di tutto ch'ei posava sulla mensa.

"Voi che non provate alcun desio,
Della mia magione ero signore,
A voi dico del gran tormento mio.

Di beni in quantità ne aveo molti,
Feste e gran baldorie io lì facevo,
Godendo con tutti di quei raccolti.

Leccornie di ogni tipo noi si mangiava,
Negando a chi, desioso di quel bene,
In silenzio e pace per me lavorava.

Provai a tarda sera un gran disgusto,
Un giorno ch'ebbi dato una bella festa,
E quindi un gran malor mi prese tosto.

D'ingordigia era quel gran male mio,
E di mangiar la voglia non m'abbandonava,
Tanto che del cibo chiedevo con gran desio.

A tarda notte fra tormenti atroci
L'anima mia s'involò nell'aria,
Abbandonando il corpo che nella morte sfoci.

Col desiderio forte e invano di mangiare,
Ora son qui con tutta questa gente,
Anche solo pane, senza mai riuscire a lo toccare.

Così io soffro questo mio gran dolore,
E della punizione accetto ora le pene,
Senza perder mai la voglia di mangiare".

Dopo queste parole amare a me profferite,
tornò tosto in mezzo al gran tormento,
A provar ancora quelle pene inaudite.

Continuava ad allungar la mano,
Verso quel cibo che per lui è avaro,
Ed afferrar qualcosa in modo invano.

Compresi il desiderio di Norberto
Passando accanto a tutto quel gran cibo,
Che di mangiar molto avea sofferto.

Arrivar per lui volevo a quel gran bene,
Ma l' avo mio presomi per mano,
Tosto mi portò via da quelle pene.

Al fin che avemmo la tavola percorsa,
E lasciati indietro i poveri affamati,
Provai nel core mio tanta tristezza

OTTAVO CANTO

Il passo lento allora noi affrettammo,
quand'ecco che un lamento amaro,
di voce umana noi accusammo.

Lì dove di ghiaccio tutto era coperto,
Un uom vecchio incanutito e stanco,
D'in sotto il ghiaccio fino al collo stretto.

Urlando mi dicea pel gran tormento,
A me che in quello stato non ero coinvolto,
Di sollevarlo un pò da quell'affossamento.

Io voltato verso il vate allora chiesi parola,
Che presto con forza non mi fu concessa,
Mostrandomi che lì il tempo presto s' annuvola.

Allor lo stesso con gran scienza disse;
"Quando seco lui sarai arrivato saper devi,
Che lui spese gli averi suoi in tanti amplessi".

Io allor a lui m'avvicinai indulgente,
Pensando di conoscer la sua vita,
E quello allora sollevossi integralmente.

"Dalla mia famiglia molti bene ebbi,
E dagli studi molto io imparai,
E con tutti quegli averi molto io bevvi.

Innamorato del piacer d'ogni variante,
Di fantasie perverse io cercavo,
più volte al di con voglia assai incessante.

Godevo nel cercar corpi di donne,
per aver con loro rapporti sessuali,
Giovine, belle ed anche minorenne.

Poi per gioco scelsi anche ragazzi,
Provando insieme a loro giochi vogliosi,
uomini e gruppi agn'or pe i miei sollazzi.

Rimorso e freno alcuno non provavo,
E quando donne o uomini non avevo,
In qualche caso allor mi masturbavo.

Un giorno per questo mio diletto
Lo piacere mio fu tanto forte,
Che sol cessai di viver nel mio letto".

Guardando di quell'uom lo sgurado fisso,
In quella sofferenza assai pentito,
Capii perché in quel ghiaccio allor fia infisso.

Per li bollori suoi certo a calmarlo,
Fino al collo la di tutto fia sommerso,
Giudizio fu si forte allor da lì buttarlo.

Di quelle immagini porto ancora il peso,
Nell'animo mio tristo e sconsolato,
D'aver una vita intera allor si speso.

NONO CANTO

Ci trovammo dentro un bosco freddo e rosso,
I rami si protendevano adunchi verso noi,
E le vesti con forza ci strappavan di dosso.

L'avo a me disse con forte ardimento,
facendo allora nell'air un segno grosso,
"Non lasciar la veste mia in sul momento,

Non lasciarti prender dall'oscurità,
E non spaventarti dei lamenti,
Perché duopo salvezza tua non ci sarà".

Sentivo intorno a me presenze oscure,
ma l'occhi miei non le potea vedere,
Lamenti, aliti e fruscii mi facean tremare.

Dei tanti romori striduli e fruscianti,
uno presto arrivò chiaro al mio udito,
"Lucrezia è il nome mio e son d'Arganti.

Un dì bella nell'aspetto e assai amata,
Io conobbi il mio grande amore,
E dal suo bell'aspetto fui abbacinata.

Federico, nome ch'io ricordo ancora,
Bello, gentile e si grande amatore,
Un dì insieme a lui conobbi l'aurora.

Le sue parole addolcivan forte il core,
E la spada sua nella carne ei affondava,
E più volte l'estasi provai di quel piacere.

Di grande amor era la nostra intesa,
fino al giorno in cui Cecilia ci divise,
E creò tra noi presto una forte contesa.

A lei concedeva ogni suo momento,
Lui infatuato e con la mente assorta,
Dimentico di me e del mio gran tormento.

Così infinito fu assai il mio dolore,
Tanto da cancellar in me ogni valore,
Che cominciai a versar su lei il mio rancore.

Intrigavo così ogni danno più astuto,
Da dare a lei la colpa della cosa,
Per l'odio mio profondo e per l'amor perduto.

Cresceva a dismisura nel pensiero,
ogni azione più iniqua e forte,
Sol per distruggere quell'amore vero.

Ma un giorno io con voglia lo seducevo,
Offrendogli me stessa senza veli,
E sul corpo suo con bramosia agivo.

Lui freddo e riflessivo rifiutò il mio amore,
E allor si svincolò con uno strattone,
Per non goder di me, con gran furore.

Quel gesto maledetto fu per me la fine,
Urlando inciampai in un muretto,
E caddi nel canale che non avea confine.

E più non riaffiorai da quella melma,
solo tempo dopo con gran dolore,

Con rami, teli e reti ritrovaron la mia salma.

Giovine e alfin avvolta in un sudario,
Le mie spoglie deposer nella terra,
Solo per aver dato tutto all'adulterio.

Il motto a mio ricordo fu modesto,
"Oggi d'amore muor, com'un di visse",
Per quel comportamento disonesto.

Ma io rimasi lì, in forma evanescente e viva
Per reclamare l'amor tanto voluto,
Che lei Con grande forza a me proibiva.

Un giorno lui con amore disse,
Sulla tomba mia pieno d'amarezza,
Che pentito era del dolo ch'egli m'inflisse.

E se quell'amore vero che io provavo,
Del bene suo ch'avevo in di provato,
Amarlo ancora sinceramente dovevo.

Lasciando che la libertà assoluta unisse,
Senza interferir con altre sofferenze,
Quell'anime che nel dolor io avea infisse.

Commossa dal suo priego e con amore,
sentii cambiar qualcosa nel mio cuore,
E nella luce che mi rapì li lasciai senza rancore".

Questa storia d'amor mi fè sognare,
Riportando nel mio cuore amareggiato,
La gioia infinita di poter amare.

Felice d'aver dato aiuto a quella donna,
C'un tempo per amor avea sofferto,
Prigioniera d'esso solitaria e vana.

DECIMO CANTO

Dinanzi a me non furo più cose nascoste,
ma sol cose dure e assai sofferte,
Dal volere altrui certo a me imposte.

Egli a me saggio e profondo nel sapere,
"Non porre nel tuo cor incertezza alcuna,
Se rallentar ora non vuoi nel tuo incedere.

Siamo qui giunti nel dolor supremo,
Senza temere quello che a te è noto,
E che procedendo ancor presto sapremo".

Allor di pianto e di lamento assai,
Mi giunse il risonar nell'aire con dolo,
Tanto che l'avo mio oltrepassai.

E a lui rivolto dissi con gran tema
"Perché dolor si prova qui col suono
D'ogni parola amar e d'ogni biastema?".

Ed egli a me con grande sua saggezza:
 "quando saremo oltre noi arrivati,
Saprai col veder tuo ogni amarezza".

L'occhio presto in giro allor io mossi,
De la stanchezza liberommi il volto,
Per capir di certo dove io fossi.

In quel momento grande fu il disgusto,
Che nell'aer un'olezzo io avvertii,
Come fosse di mangiar assai vetusto.

Rivolto all'avo mio con stupore
Del mio fastidio allora domandai,
cosa fossero quei fumi e quel vapore.

Egli mi fissò nel'occhi e poi con garbo,
Menando nell'aer il baccio suo,
Indicommi che lì tutto fia carbo.

Il piede mio tener saldo volevo,
Ma esso affossato in quella mota,
A piccoli passi uno all'altro anteponevo.

Da quel liquame cespugli sbocciano,
Ed ogni anima che lì tosto arriva,
Lesti come serpi loro l'abbracciano.

Procedendo attento in quello strano posto,
E vedendo che ad ogni passo,
Al pericolo d'esso anch'io venia esposto.

M'accorsi con mio grande orrore,
Che dalle piante alte io era attorniato,
E d'esse i rami eran braccia incolore.

Colto allor d'un ramo rotto che cadeva,
M'avvicinai alla pianta con l'avo mio dinanzi,
E vidi che forma d'uomo essa aveva.

Avviluppato tutto in quella pianta,
V'era un corpo nascosto e soffocato,
Che parlar non potea in tal forma affranta.

Allor pensando a quella grande torma
che negl'alber dovean esser vivi,

Chiesi perché la pianta allor sì li trasforma?.

"Tu saper devi che questi in loro vita
Han violato e ucciso di se stessi il corpo
D'aver qui l'essenza lor in essi assorbita".

Del dolor ch'ella provava in tal contesa
Chiesi allor all'albero con quella vita,
Stretta in una morsa forte e si vilipesa.

E preso un ramoscel di quella pianta,
lo troncai con forza e mia sorpresa,
perché d'essa fu da gran dolo affranta.

Allora a me rivolto agitando i rami,
"perché parte di me allor tu schianti,
perché senza pietà sfrondarmi brami?".

"Io fui Lorenzo di malfiore detto il saggio,
Del padron mio gestivo ogni suo avere,
E a difenderlo sempre ebbi gran coraggio.

Lo bene suo e la grande sua amicizia,
Mi davano gran lustro e molta invidia,
Tanto che spesso a me dava sporcizia.

Io mai tradii lo padron mio amato,
facendo sempre e solo il dover mio,
ma d'altri allora fui talor'invidiato.

Tanto dolore portò questo al mio core,
Che triste, solo e pieno d'amarezza,
Rivoltai su me stesso il mio rancore.

Un di mentr'ero triste e pensieroso,
Intorno a me cercai quel tristo oggetto,
che servirmi doveva al gesto criminoso.

Rovistando attento per cercar'il meglio,
trovai tra tante cose una fune spessa,
Che sicura e forte legai ad un appiglio,

Dell'albero c'ora in eterno mi sostiene.
Un grosso ramo mi servi allo scopo,
Ch'adesso ancor amaro ei mi contiene.

Legato ben che fui e senza paura,
mi gettai nel vuoto con certezza,
Di porre fine a quella grande abiura.

Quando la vita mi sfuggi dal corpo,
lo spirto mio fu dai rami avvolto,
E in questo legno io ora ancor m'accorpo".

Le arpie a strappar preser rami e foglie,
Aprendo molti squarci su quei legni,
Straziandoli con il becco e con le unghie.

Allora nel vento si levò un lamento,
Di tutti quei corpi sofferti e si racchiusi,
Da creare in me gran turbamento.

Poi che avemmo di quel posto strano,
Superato la tristezza sconfinata,
Quelle amare storie ancora m'adirano.

UNDICESIMO CANTO

Io so per certo che così facendo,
non sarò capace di dimenticare,
E mi riprenderò poi camminando.

Ci dirigemmo allor verso una valle,
Dove di gente una moltido c'era,
Continuando a camminare per quel calle.

Nell'arrivar così d'appresso ad essi,
Vedemmo zuffe e lite tra di loro,
Ripetersi frequenti e con eccessi.

Volendo allor saper chi essi fossero,
E perché di liti molte animose fanno,
E perché da can feroci tra loro abbaiassero.

Di mezzo ad essi noi passammo avante,
Notando quei gran colpi ch'ei si danno,
In quella lite aspra e si incessante.

Ma ecco che tra tanti si malridotti,
si presentò a noi grosso e furente,
Il nobile Giovanni degli Aquilotti.

Segnato era in volto dai mille colpi,
Un acchio avea perso nelle liti,
ed alla sua cintura avea molti scalpi.

Da quella bocca digrignante e senza denti,
Usciro allor parol si forti e amare,
Che lo riportaro tosto a quegl'accanimenti.

"Io degli Aquilotti son Giovanni,
Oppositor di quel governo forte,
bellicoso antagonista degl'Alemanni.

Questi la terra mia avean sottomesso,
Con mano forte e tasse l'hanno affamata,
Grandi soprusi e stupri ei hanno commesso.

Io che non poteo veder soffrir la gente,
E la donna mia uccisa senza colpa,
A lor la vita tolsi a una quantità ingente.

Triste fu il giorno in cui piacer provai,
Ad ammazzar di lor uomini e donne,
E trappole e imboscate in me covai.

Un di organizzai di gran premura,
Un complotto con amici ed associati,
Adottando verso loro una congiura.

Si violento fu l'orribile complotto,
Che circondammo tutto il loro posto,
Per questo fummo sol centotrentotto.

Aspettammo che la notte ci coprisse,
e poi con violenza e urla li assalimmo,
Tutto fu distrutto perchè quel popolo morisse.

Per tornare liberi usammo le violenze tutte,
Uccidemmo, smembrammo, ponemmo a fuoco,
Sporchi di sangue facemmo cose brutte.

La battaglia come tutte fu sanguinosa,
ed io godevo nel veder le membra,

sparse intorno in maniera abominiosa.

Questo mi dè coraggio e forza nell'uccidere,
E di tanti giovani, bambini e vecchi,
In quel mucchio che verso me volea insorgere.

Così provai allor piacere immenso,
nel viver di quelle guerre le vicende,
Che uccider fu per me il mio sol compenso.

Di Montaperti fui il consiglier di guerra,
E contro i guelfi allor nostri rivali,
respinsi di Firenze l'ultimatum anteguerra.

Le forze ghibelline tutte senesi e un po' pisani,
s'unirono per riaver Montepulciano e Montalcino,
E di bestie a noi unite in forza molti alani.

Sfilammo per tre volte a Poggio delle Cortine,
sotto lo sguardo incredulo dei guelfi,
Con divise assai diverse e colorate marsine.

Ingannammo in tal modo i guelfi di Firenze,
E di San Giorgio al segnale li prendemmo,
Uccisi allora il comandante senza riluttanze.

Così tutta bagnai nel sangue la mia vita,
E con gran dolore per un colpo al capo,
A me quel giorno infausto toccò farla finita.

Ora quì continuo la mia lotta,
menando colpi a destra e a manca,
In una vita amara e assai corrotta".

Tornato allor che fu al suo conflitto,
Di gran botte ricevette in un momento,
E malgrado tutto ei vi si gettò a capofitto.

Tanta violenza mi amareggiò poi tanto,
e nell'animo provai tanto sgomento,
nel veder quello scontrarsi si cruento.

DODICESIMO CANTO

Usciti che fummo da quella guerra,
I piedi lordi di quel sangue infame,
L'ansia di proceder presto mi afferra.

Un paese arroccato d'in sul monte stava,
Ai suoi piedi armoniosa una ferrovia correva,
E La valle quel declivo dolce alberava.

Al mattino i bimbi con pensieri aulici,
percorrevan lesti il senitero amaro,
Per correr al pulmino assai felici.

Cantavano allegri quel mattino insieme,
mentre l'auto discendeva a valle,
per traversar il casello con gran speme.

Il vento le fronde nove facea frinire,
gli uccelli garrivan lieti al sole,
Le ruote aggredivan la strada senza timore.

Quel canto dolce dei fanciulli ignari,
Dalla precettrice accompagnato,
Che lieta li avea fatti tra lor compari.

Nel mentre da Mandela un treno,
A Tivoli con passegger diretto,
partito era da dieci minuti almeno.

La strada ferrata rumoreggiava stanca,
Il treno sferragliava sonnolento,
Sbalottando la gente a destra e a manca.

Sereno era il giorno e assai tranquillo,
La gente nel torpor s'addormentava,
Dal treno disturbata al sordo squillo.

Intanto il pulman pieno di ragazzi,
s'avvicinava lesto al suo passaggio,
mentre ridevan allegri con schiamazzi.

Le fronde frinivan al passar dell'autobus,
Agile affrontava le strette curve,
E si avvicinava sic stantibus rebus.

Il treno intanto velocità acquistava,
col suo fumo nero la ferrovia aggrediva,
E il suo urlo greve ogni tanto lanciava.

Le voci garrule allegri di quei bimbi,
S'uniron allo sferragliar del treno,
E con fragore finiron sugli scambi.

A quel gran romore sordo,
la gente presto pose orecchio,
E a correr prese tosto sul posto lordo.

Silenzio vi fu d'improvviso in loco,
Le voci da lontano correan in soccorso,
Ma solo orrore c'era in quel soffiare fioco.

Il casellante disperato intanto,
Per aver dimenticato il suo adempimento.
Correa intanto da uno all'altro accanto,

Solo metà del pullman restava sui binari,
Senza che nessuno allor vi fosse dentro,

Mentre i corpi li distesi eran già funerari.

Di quelle sbarre allor ei sol custode,
pigiato non avea il comando d'abbassarle,
E in un secondo il grande scontro esplode.

Egli ora corre infinite volte al comando,
Per chiuder quel passaggio maledetto,
ma sempre con suo gran dolo ritardando.

In mezzo allo strazio di dolore e di morte,
io inginocchiato a piangere restavo,
Per tutte le ferite al mio cor inferte.

Per portarmi via da quel massacro,
Lo vate mio si pose a me dinanzi,
Mostrommi quanto in esso v'era di sacro.

Anime sante e pure in un momento,
s'erano unite per sempre all'altro mondo,
Bianchi a grappoli infiniti come fior d'acanto.

Dalla serenità di un attimo divelto.

TREDICESIMO CANTO

Quel tempo se ne andava triste,
La vision dei fatti allor svaniva,
E a proceder lesto voi m'incitaste.

Questo del giorno mi parea il mattino,
Egli a me: " qui la notte non vien mai,
E le luci come acido gli occhi bruciano,

Per osservare l'occhi più non chiudono,
Usati solo per saper tramare,
Ed ogni turpe azione poi essi valgono".

Fra questi errabondi e ciechi,
Per andar le braccia avanti portano,
Tra lor vicini piegano i capi biechi.

Un mormorio strano allor si avverte,
quasi a voler sapere dov'essi vanno,
Muovendosi per lor mosse malcerte.

Tra essi dirigemmo il nostro andare,
cercando di sapere dal brusio,
Chi fosse più vicino e a noi gridare.

Tra questi riconobbi Lucrezia dei Borgia,
c'avea nella vita tramato assai,
E nel portamento suo avea tant'albagia.

Nata a Subiaco da Rodrigo cardinale,
E da madre Cattanei amante sua,
In forma assai privata e laicale.

Della casata sua fece gl'intrighi,
Da abile e temuta castellana,
Essa molti amori ebbe sol per svaghi.

Osservava di nascosto ed in silenzio,
Tutto ciò ch'el padre ed il fratello,
Per ambizion fecero assai fittizio.

A Giovanni degli Sforza fu sposata,
Per stabilir con essi un'alleanza,
E crear con loro una gran casata.

Per nuove alleanze il caput mundi,
Decise d'annullar l'union con atto,
Da firmare per impotenza coeundi.

Essa consumò con gran piacere,
Una relazione con Perotto il messaggero,
E con il Daragona a nuove nozze fingere.

Ma questo gli servì sol per poco,
Perché un nuovo sposo per essa v'era,
Alfonso D'Este timoroso e dappoco.

E della sua passione per Perotto,
disse che fu il solo a darle amore,
Finche egli fu suo zerbinotto.

"Legava me tra le sue braccia forti,
e in ogni posto la sua bocca ardente,
conduceva sempre i nostri bei rapporti.

Violenti erano e con gran trasporto,
Mi donavo a lui con voglia immensa ,

Liberando in me ogni pensiero sorto.

Attenta tutto io scrutavo per averlo,
Perché forte era il piacere che io provavo,
Le trame di mio padre e mio fratello.

Gli occhi miei videro cose da non vedere,
Di Cesare gli intrighi più efferati,
E del papa la gestione del potere.

Da Alfonso D'Aragona ebbi sei figli,
Due di essi moriron assai giovani,
Ed io cercai d'allor più miti consigli.

Il veleno in vita mia fu solo una chimera,
Sol per caso e per mano di Cesare,
Uno dei miei amanti morì in tal maniera.

Oggi io mi trovo qui relegata,
In questa luce che mi toglie gli occhi,
E non vedo più nulla perché abbacinata".

Finì il dialogo con mia gran tristezza,
Per tutti gli intrighi della corte papale,
e mi allontanai sommerso d'amarezza.

QUATTORDICESIMO CANTO

Arrivati che fummo in un terreno arido,
vedemmo innanzi tante bare aperte,
E da esse si levava un'odore fetido.

Nel silenzio di quel posto puzzolente,
Camminavamo silenziosi e incuriositi,
Di sapere cos'era quel posto si inclemente.

Camminato che avemmo un po' li in mezzo,
Arrivammo a una bara semplice di legno bianco,
E chiedemmo perché lui era steso in quel lezzo.

Nel suo feretro allora lui si sedette,
per raccontare a noi cosa in vita fece,
Per rider con gli amici delle azioni scorrette.

"Un giorno nel paese ci lasciò Martino,
La sera nella bara fu sistemato in chiesa,
Con tre amici ideammo uno scherzino.

In quel paese c'era il costume,
di pregare per il defunto nella notte,
Alternandosi nel borgo per dargli lume.

In fretta noi lo togliemmo dalla bara,
E del poveretto assunto poi l'aspetto,
uno di noi si stese in essa per bravura.

Quando in ora tarda un paesano,
venne a suffragar per lui preghiere,
L'amico nostro con un gran baccano;

Da salma sollevossi poi a sedere,
e a lui rivolto disse "perchè non dormo",
Il poveretto solo e impaurito nel vedere,

Uscì di chiesa urlando a perdifiato,
Dicendo al vicinato che era vivo,
E correndo verso casa indemoniato.

Ridemmo insieme e uscimmo nel paese,
Dopo aver rimesso al posto ogni cosa,
Creando ancor più chiasso e cercar scuse.

Ora io continuo a viver nella farza,
Di alzarmi dalla bara in ogni istante,
Che in quel momento ancor più si rafforza".

Sorpreso e alfin confuso in cotal guisa,
pensai che quest'azione senza senso,
non doveva essere allora mai decisa.

QUINDICESIMO CANTO

Volendo poi sapere di quello strano mondo,
Le storie e le vicende assai remote,
Chiesi al vate di scoprirlo camminando.

A quell'invito egli mi disse ancora,
Che avremmo attraversato valli e monti,
E che il sapere allor più ci avvalora.

Prese innanzi a me la strada angusta,
Evitando a noi di lei ogni rovina,
Invitandomi presto a star di lui accosta.

Saliti che avemmo allor per molti metri,
Quel monte di pietrame senza strade,
Ci trovammo di una valle agli odorosi alpestri.

Arrivammo su quel prato coperto di rugiada,
sfiorai con la mano il fresco umore,
fin dove il sol l'asciuga e la dirada.

Di lontano una figura nera a capo chino,
Diffonde al vento le sue parole strane,
Che spesso la mente el core esse addottrino.

Lo vate mio vide Tomàs De Torquemada,
Nel 1420 grande inquisitor di Spagna,
Confessore dei Re e capo di quell'intifada.

Mi disse che fino al 1498 male aveva fatto,
Dove la chiesa imponeva la sua supremazia,
E con la violenza eliminava ogni insoddisfatto.

Egli con grande spietatezza inflisse
Ad ebrei, donne per stregoneria ed eretici,
Ogni genere di torture che giudicò e scrisse.

L'avvicinai e sotto il suo cappuccio,
un viso assorto e molto triste,
Continuava a biascicar quel cicaleccio.

Egli con voce di potere forte e bassa,
continuando del suolo a fissar il sito,
mi disse come con le sue azioni li tartassa.

"Ebbi gran potere di Chiesa e Re di Spagna,
Nella stanza buia e fumosa di candele,
arrivaro le Altezza e i prigionieri che li alligna.

Il clero e la croce coperta di telo nero,
Il vescovo di Canaria fè una dotta predica,
Cercando in quegl'animi un abdicherò.

Cominciaro a legger le sentenze,
Assurde e forti nel contenuto loro,
Per accuse varie e false indecenze.

Lo primo fi Agostino di Cazzaglia,
predicatore abbrisciato perché Lutherano,
E delle idee sue si mal consiglia.

Per tal motivo lo segui Francesco de Vanero,
Fratello d'Agostino e Lutherano,
E d'esso la sorella Donna Beatrice de Vanero.

E tant'altri ancora con confisca dei beni,
Che alla Chiesa e a loro Altezze andaro,

Nella letizia d'essi e con pensieri ameni.

Reconciliati furon Don Luigi de Roja,
anch'esso de beni confiscati,
Per non cader in mano dello boia.

Seguiro Donna Anna Henriquez,
Moglie di Don Giovanni de Fonseca,
Privata de beni e allo carcere perpetuo.

Don Pietro Sarmiento Lutherano,
Confisca de beni e carcere perpetuo,
Dopo lunga immersione nel pantano.

E d'esso la moglie Donna Mentia de Figueroa,
torturata a lungo nelle segrete,
E condannata a vita al carcere di Almaroa.

Con essi altri ancora in quantità,
Furo privati dei beni e condannati,
Al carcere a vita e a lavori forzati.

Per essi noi usammo molti supplizi e furo,
la sedia inquisitoria in ferro con aculei,
Ed essa arroventata in tempo duraturo.

Impalamento con palo appuntito,
infilato nell'ano senza uccidere,
E 'l condannato in tal modo venia affievolito.

Di questi nelle segrete noi ne studiammo molti,
la vergine di Norimberga, lo stivaletto ispano,
Sempre p'al corpo umano rivolgere insulti.

Ora io son qui in questo luogo ameno,
ma goder di esso m'è proibito,
e sotto questo manto io soffro appieno".

Di queste storie provai tanto ripugno,
Ed al pensier ch'el giudizio fia ecclesiale,
Mi rivoltò che d'uscir presto io tanto agogno.

SEDICESIMO CANTO

Nel groviglio di pensieri e p'el disgusto,
Per chi bene dovea fare e non l'ha fatto,
Portai il mio andare lontano da quel posto.

E mentre dietro al vate mio andavo in fretta,
Seguendo l'indirizzo attento da lui dato,
Di lontano vidi una stele che qui v'era eretta.

Da ogni lato molta gente sempre ignuda,
E desiosa di raggiunger quel vacuo centro,
Tutta che per quel simulacro ogn'or s'illuda.

Quel girare infernale ancor s'appressa,
in cerchio verso il centro invano,
Che al suo cospetto mai fia ammessa.

Ora a quel giro strano noi di mezzo,
A cercar qualcuno che mi dica chiaro,
Quel ch'io saper cos'è ora accarezzo.

Or d'essi un'uom barbuto e incolto,
Diresse ver me il suo passo svelto,
E al mio profferir parola diede ascolto.

Lamentando quello di cui tu abuseresti,
"Honesta probos viros ostendunt"
Le cose oneste rivelano gli uomini onesti

"Nella mia vita io Norberto di Castiglione,
Per il mio amore verso l'onesta più pura,
Ebbi sempre in core grande indecisione.

Sentivo sempre in mille voci e casi,
Parole false in azioni assai corrotte,
Spese senza senso e con grand'enfasi.

Mi offriron spesso di seguir un gonfalone,
Di molte idee pieno ma depravate assai,
Spingendomi a difenderlo con incitazione.

Prima di schierarmi, il mio pensier fu vivo
Nel giudicar l'idea, e con paura
E per la mia onestà, contr'esso m'accanivo.

Spesso a un'idea nuova fui esortato,
Ma mai mi schierai con questo o quello,
Sol p'el terror di restare abbacinato.

La vita mia fu assai solitaria e riservata,
Lontano dalle schiere organizzate,
E da vari vessilli strani sempre abusata.

Ora seguo questo strano mio destino,
E senza esito a quella stele mi dirigo,
Come questi che intorno ad essa quì
s'accalcano".

Quel girare invano per seguire un simbolo,
Il passo tra lor sospinto in fretta,
di giro in giro ogn'or loro affrettandolo,

Porta in me confuso un gran malore,
P'el girotondo veloce e senza esitazione,
Nella mente si crea un pensiero ingannatore.

D'entrare anch'io in quella cupidigia,

s'el vate mio non m'avesse,
Portato via con forza da quella bolgia.

DICIASSETTESIMO CANTO

Continuando a camminare su quel prato,
E ancor confuso da quel ciarlar in tondo,
Fui in una selva dove il sol era oscurato.

Quando di mille cani il latrar mi giunse,
Rabbioso e folto ver me diretto,
Che a riparar al sicuro allor mi spinse.

Vedevo d'essi il digrignar de denti,
Sentivo il soffiar feroce delle nari,
E tremavo allor per quelli accanimenti.

Uno fra loro era il più feroce,
Grosso più degli altri e di pelo nero,
precede tutti e d'essi è il più veloce.

Non sapendo cosa fare e impaurito,
fissavo quegli occhi di brace,
mentre ogni malesser di me s'era acuito.

Domandai al mio avo cosa fosse questo,
ed egli a me " la bestia c'ora vedi,
fu umano ma un di per lui questo fu funesto.

Dei lupi fu davvero un grande amante,
e con la luna piena ei allor trovava,
Di licantropo la forma assai invitante.

Pian piano gli arti suoi si piegaro,
il pelo sul muso crebbe assai,
E la forma mutò dal suo voler ignaro".

Egli mi ringhiò con gran furore,
Sentito questo a lui chiesi il vero,
Pel male suo che veniva dal grande amore.

"Ammiravo queste bestie intelligenti,
E col tempo mi accettaro fra di loro,
Io amavo fortemente questi aggregamenti.

Presto pel mio stato d'esser umano,
Con grossa astuzia io li comandavo,
E essi al mio agire presto ululavano.

Sul fare del mattino al sorgere del sole,
Quella forma d'animale io perdevo,
Per assumere l'umana inconsapevole.

Ma un giorno per i tanti miei misfatti,
Allor compiuti in forma di gran lupo,
Il paese mi diè la caccia negli anfratti.

E di notte in una corsa scossa,
Saltai nel folto d'un cespuglio strano,
E finii rabbioso in una grossa fossa.

Poi che fui racchiuso in una rete forte,
Insieme mi portaro giù in paese,
Ed alle luci della notte ormai già sorte,

Dopo avermi accarezzato il pelo,
Guardai con i miei occhi gialli,
Colui che urlò presto ammazzatelo.

Un uomo munito di fucile a colpi grossi,
mi coprì il muso per non farmi vedere,

E sparò un colpo con gli occhi suoi commossi.

Riassunsi presto la mia forma umana,
ma ora per mia gran sfortuna,
Corro rabbioso nella bestia alsaziana".

Dopo un salto ancor per raggiungermi,
su quel ramo c'a noi avea dato aiuto,
Decise la salvezza allor concedermi.

Girato su se stesso e richiamato il branco,
corse via nella notte ululando al vento,
Con quella lupa bianca sempre al suo fianco.

DICIOTTESIMO CANTO

Or prima di tornar al mondo vero,
Tu delle tue origini conoscerai,
La storia del primo giorno nero.

Dell'uomo la nascita tu vedrai,
Assistendo all'opra del Creatore suo,
E con gran sorpresa ad essa assisterai.

Dopo avere del creato udito il romore,
nel sonno di quel dì tu tornerai,
Dissipando rapidamente ogni malore.

Io questo in verità ora ti dico,
Di quello che vedrai or son mill'enni,
In quel tempo eterno tu sarai in bilico".

"Avo tu perché mi dici questo,
or ch'io di questo mondo vò sapere
Tutto di me, e perché io esisto?"

"Tu giunto sei alla fine del tuo sapere,
Di questo viaggio incredibile legato al primo giorno,
E che in errori mai dovrà te inducere".

Con gran romore fia fatta luce,
E la notte da essa separata,
Che con amor ogni cosa allor seduce.

Dal Dio eterno Adamo fu creato,
Con polvere d'argilla ed acqua pura,
E con il soffio sacro poi venne alzato.

Con lui però allor per compagnia,
Con i resti del primo e i sedimenti,
Lilith nacque per androginia.

Quand'egli nel suo amplesso,
Sottometterla volle in quella posizione,
Si ribellò e fuggi verso il mar rosso.

I demoni Djinns con essa si accoppiaro,
Generando d'essi molti figlioli,
Che Lilim da allora si chiamaro.

Il creatore cercò di richiamarla,
e con tre angeli la invitò a tornare,
Ma anche per essi difficile fu fermarla.

Ora ancor s'aggira per crocicchi,
in cerca di fanciulli non protetti,
E presili soli fè strage e poi l'impicchi.

E d'uomini tanti nel sonno ella ricerca,
con abominevoli e vari amplessi,
Essa alla morte li porta in quell'omocerca.

Ad Adamo una nuova donna allor fu data,
Eva era il nome incantatore e dolce,
Lilith generò Caino, a Eva di Abele la nascita affidata.

Quella donna che ha coda di serpente,
Tentò con astuzia Eva nell'amore,
E con Adamo compì quell'atto assai indecente.

La condanna gli fu allor comminata,
Adamo ed Eva sulla terra furon mandati,
Lilith al fuoco eterno sprofondata.

Nel romor di quelle fiamme scoppiettanti,
Io la vidi bella dalla testa all'ombellico,
Le fiamme nascondevano le parti più indecenti.

Saputo così degli uomini la nascita,
Confuso e stordito mi appartai a pensare,
Cercai un posto ove dimenticare.

FINALE

Quando fui uscito da tutto quel gran chiasso,
Mi distesi su quel novello e fresco prato,
E per la stanchezza 'l sonno m'assalì di sasso.

Poi la luce forte di quel sole sfolgorante
Colpimmi gli occhi chiusi e il viso,
Così uscii da quel torpor assai inquietante.

INDICE

LE PROSE 2
Maranaj con l'unicorno 3
Amore finito 6
L'abito da sposa 9
A te splendida donna 14
L'angelo della neve 15
La farfalla bianca 18
Il ponte del diavolo 20
Il ponte dell'arcobaleno 22
La casa tra i rami 24
La leggenda dell'aurora 28
La leggenda dell'usignolo 29
La nota malinconica 33
La piccola barca a vela 35
La formazione dell'universo 39
Il kimono nero 43
Il primo bacio 46
Il mughetto 47
Storia di un incontro 49
L'ultima foglia 53
Leggenda del pettirosso 55
Vorrei 57
Il tempo e il ricordo 58
Il sole e il vento 59
Vita d'amore 62
Protezione per te 63
Il soldato 64
La madonnella 68
Profumo d'eternità 70
LE POESIE 72
Vecchia Roma 73
Er mercato de Campo de' fiori 74

La creazione der monno 77
La melodia dell'autunno 79
La notte e la realtà 80
Ballo per un sogno 81
Fiori d'amore 82
Filo di fumo 83
La luce del tramonto 84
Lode all'uomo 85
Er core 87
La splendida sera 88
Sono 89
Magia della pioggia 90
Il tuo ultimo pensiero 91
Il mormorio del cuore 92
Er boccone del re 93
L'emigrante 94
Er servo de Roma 96
Sapore di mosto 97
Anime nel sogno 98
VIAGGIO INCREDIBILE 100
Introduzione 101
Primo canto 102
Secondo canto 105
Terzo canto 108
Quarto canto 111
Quinto canto 113
Sesto canto 118
Settimo canto 121
Ottavo canto 125
Nono canto 127
Decimo canto 131
Undicesimo canto 135
Dodicesimo canto 139
Tredicesimo canto 142

Quattordicesimo canto 145
Quindicesimo canto 147
Sedicesimo canto 151
Diciassettesimo canto 154
Diciottesimo canto 157
Finale 160

Printed in Great Britain
by Amazon